大人を舐めた
巨乳メスガキを
わからせ調教！
おじさんの
雑魚ち○ぽで
感じてなんか
ないもん！
亜衣まい
イラスト：能都くるみ
JN131939
ぷちぱら文庫
creative
paradigm

プロローグ　ふたりきりの密かな楽しみ

「よし、これで今日も終わり、と」

独り言をつぶやき、パソコンチェアの背もたれに体重を預ける。

ゆったりと反るリクライニングの優しさに、深く一息つく。

終業時間となり、幾つかのファイルを保存したところで、クラウドの接続を切る。

時刻は午後6時を過ぎたところ。

と、いうことは。

あいつが、リビングのソファーベッドでごろごろしている頃だ。

仕事部屋を出て、リビングへと向かう。

すると廊下まで、リミッターのかかっていない馬鹿笑いが聞こえてくる。

「お。おじさん仕事おつー」

そいつは、ソファにうつ伏せに寝っ転がって、ポテチを咥えながら、タブレットで動画配信サイトを巡回していた。

松永美沙。それが、既に俺の家にいることが日常となってしまった、こいつの名前だ。

俺と美沙の間には、親子と言っても通用するくらいの年齢差がある。

ただ、当然血は繋がっていないし、親戚でもなんでもない。

言ってしまえば、近所に住んでいるガキ。それが彼女。

しかもこいつの性格は、「仕事おつ」と言うようになった最近が、かなりマシになったと評価できる部類。

無礼無作法は数知れず、傍若無人が不釣り合いな胸を二つつけて歩いている、というのがこいつの正しい評価だろう。

「美沙」

「……」

「おい、美沙」

「…………」

「美～沙！」

「んー？」

三回名前を呼んで、ようやく返事が返ってくる。

ため息をつきながら、無駄と知りつつも、彼女の所業を問いただす。

「なんだよこの包み紙の散らかりっぷりは。俺、何度もしつこく注意してるよな。パントリーのお菓子を食うのは許すけど、食い散らかすのはやめろって」

「んー、言ってたかもねー」

「それに。ポテチを食ってる手でタブレット触るなって、口を酸っぱくして言ったよな」

「いーじゃん後で拭けば。てか間違ってるし。ただのポテチじゃないしー。ほらほら、プレミアムなおいしいヤツでーす♪　めっちゃおいしかったよ。三倍かかってるノリ塩がもーホンモノ！　ってカンジですっげーの♪」

「あ！　それ週末の仕事終わりに俺が食おうとしてたヤツ！」

「きゃはははは♥　ちょーざんねんでしたー。もう九割あたしの腹の中に入っちゃったもんね～。あ、袋の底にカス溜まってっから、それ食っとけば？」

見事に軽くなったプレミアムポテチの袋をひらひらと見せつける美沙。けたけたと笑うおまけ付き。

これぞ日刊傍若無人。

出会った頃の態度と、ミリも変わっていない。

……まぁそこは、美沙自身が変えていない、と表現したほうが正しいかもしれないが。

「お前さ」

「んー？」

さっきまで笑っていた美沙は、俺から目を逸らし、再びタブレットの画面のほうを向いて気のない返事をする。

テンションの変わり目と、その激変っぷりには、まだついていけない部分がある。

が、しかし。

俺は、美沙に言うことを聞かせる術を、知っている。

正確には、ここ数ヶ月で、『言うことを聞かせる術を身につけた』。

できる限り耳元で、こう囁けばいい。

「お前さ。そんなに、お仕置きされたいんだ？」

だらしなく露出した腰回りが、ぴくんと震える。

相変わらず、視線はタブレットの動画に向いている。ただ、その瞳の奥が微かに濡れたのを、俺は見逃さない。

「……なんだよ。お仕置きされたかったのかよ」

逆に、俺のほうから挑発してみる。

出会った頃はできなかった芸当だが、こいつのおかげで俺も昨今のませガキと対等に渡り合えるようになった。

「ちょ、待ってよ。意味わかんないんですけど」

「わかるだろ。お前自身のことなんだから」

「はぁ？」

「内股もぞもぞして、擦り合わせてるヤツが悪態ついたって、様にならねーぞ」

「っ！　どこ見てんの、この変態！」

あわや俺にタブレットを投げつけるかという勢いの手を、半ば力づくで押さえつける。

後ろから美沙に覆い被さりつつ、俺もソファーベッドに上がる。

これも、言うことを聞かせる術の一つだ。

高慢なガキには、時には強く出て言うことを聞かせなければいけない。

「美沙の尻、見てるんだが？」

「ば、バカ！　スケベ！」

「スケベな格好してんの、どっちだよ。男に見せつけるようなショーパン履きやがって。足ばたつかせたら簡単に裾めくれるじゃねーか。これパンツ見せてんのと意味同じだぞ」

「はぁ～？　見せたからどうだってゆーんですかー。てかおじさんなに？　あたしみたいなガキのパンツで簡単にコーフンしちゃってんの？　性欲サルじゃね？　人間の理性持ってなくね？」

「じゃあ美沙は、人間の理性を持っているわけだな？」

「もちろん。どっかのヘンタイエロジジイとは違うもん」

「パンツの中、とろとろにしてるくせにか？　雌の匂い、ぷんぷん漂わせてるぞ」

「っ！」

事実、愛液の匂いが半端ない。

俺の目の前のパンツは、クロッチの部分に染みができる程度に濡れてしまっている。

線の細い身体のくせにおっぱいはでかいという、エロい身体をしている美沙だけど、俺とのセックスを覚えたことで、この頃さらに色気が増した。

「雌の匂いとか、そんなん、嘘じゃん」

言葉では否定しながら、美沙がくいっと尻を持ち上げる。

「じゃあ、確かめるぞ。いいな」

「勝手にすれば」

俺がベルトに手を掛けても、美沙の細い腰回りに指を這わせてショートパンツを脱がしても、美沙自身は逃げる様子をまったく見せない。

挑発的な言葉が返ってきはするものの、ただそれだけ。

パンツを脱がされ、ぷっくりとした土手と、中心で薄紅色に色づいている秘部を露わにされても、俺に為されるがまま。

何をされるかわかっていて、それを素直に受け入れている。

「こんなに、俺のちんぽでされたがってるくせに。よく言うよな……！」

先端をあてがっただけで、亀頭がするりと膣口の奥へと吸い込まれていく。

美沙も、俺が挿入しやすいように尻の角度を調整する。なので俺も、後ろから犯す体位で、一気に前へと腰を進める。

「んぁっ！　ひ、ひぅぅぅうぅうううっ！」

ぷぢゅり、と卑猥な音が立つ。

小さくぬるぬるとした、絶対的な締まりを持つ膣道が、ちんこを包み込んでくる。

人工的なオナホールとは一味どころか七味も八味も違う、締めつけと吸いつきが、俺を虜にする。

「くぅ……！　おじさんのちんぽ、いきなりすっごい奥までっ……♥」

「奥まで誘い込んだのは、美沙のちっちゃエロいまんこだけどな」

「そ、そんなことないし。ちんぽが無駄にでっかいから、奥まで届いてるだけだし」

「奥まで愛液まみれになってるから、すんなり入ったんだけどな？」

「ちんぽが力任せにやってるだけだし！　あたしのせいじゃないし！」

憎まれ口と言葉責めの、つばぜり合い。

ただ、今となっては、こんなやり取りは表面上のものでしかない。俺のちんこも、美沙のおまんこも、お互いを欲しがって発情しまくっている。

「じゃあ、エロ汁、奥から掻き出してやろうか。すっごい音するからわかるだろ」

「ちょ、なに言って……ひ、く、くぅっ♥　んぁ、あはぁあっ♥」

軽く腰を前後させただけで、生意気そうだった声のトーンが一変する。

大人顔負けの甘い声。文字通り繋ぎ目から湧き起こる、粘り気のある水音。

緩やかなピストンを繰り返すたび、ふたりの吐息が熱くなり、ぢゅぷ、じゅぷ、といやらしい響きがお互いの鼓膜を震わせる。

「っ……マジで、すっごい濡れてんのな。溢れてきてるぞ」

「わ、わざわざゆーな、ヘンタイっ」

「お？　俺を変態って言うか？　ちょうどいい角度で犯してもらえるように、自分から尻を持ち上げて角度を調整してるようなエロガキが」

「お、おじさんだって、イミフなことしてんじゃん。お仕置きとか言ってるくせに、めっちゃ……んぁっ♥　優しいピストンで……あ、ふ、く、くぅうんっ♥」

腰を振れば振るほど、俺のごついちんこと、小さいけど膣内がどエロいおまんこが擦れ合い、馴染んでいく。

腰と腰がぶつかる音と、じゅぷじゅぷという響きと、愛液が肉棒にまとわりついていく感覚の三つがリンクして、瞬時に快感を増幅させる。

美沙の喉から漏れる、隠しきれない喘ぎ声が、とても可愛い。

こんな風に、こいつとのセックスは、いつも確かな手応えがあるから面白い。

「あ、ぁ、あ、あ♥　ひぁ、あぅ♥　きゃんっ！　ひ、ひぅぅぅうんっ！」

「ずいぶん、気持ちよさそうだな」

「あ、あり得ないしっ……おじさんの雑魚ちんぽなんかで、ふ、ふぁっ♥　感じちゃうとか、よがっちゃうとか、マジないしっ……♥」

「雌の匂い、強くなってるぞ？　甘酸っぱくてみずみずしい、美沙の香りだ」

「ば、馬鹿、そんなん嗅ぐなぁっ」

「だ〜め。お前がどれだけエロいか、どんだけ雌か、確認してる真っ最中なんだから。嗅ぐのも触るのも、するのも止めないぞ」

前傾姿勢を取りつつ、ベッドと美沙の身体の間に手のひらを滑り込ませる。

身長の低さと釣り合っていない、でっかい胸をわしづかみにしながら、指の間で乳首をはさみ込んでいく。

「あ、あぅ♥　またその、やらしー手つきっ……♥」

「美沙の胸、絶対、前より感じやすくなったよな」

「そ、そーしてんの、誰の手だよって話……♥　きゃぅ！　ひ、ひぅ！」

乳首をもてあそびながら、着実に腰を進めていくと、可愛い喘ぎ声のトーンがまた一段高くなる。

ちんこを通して、美沙の熱気と、膣内のざわつきが伝わってくる。

「はぁ、はぁっ、ん、んぅ、ひぁうっ……あ、あたしのおっぱい、感じやすいとか、おじさんだって言える身分じゃないじゃん……おちんぽだって、おまんこの中で、ぎっちぎちに硬くなって、震え上がっててんじゃんっ♥」

美沙の感じ方が俺に伝わるということは、当然、俺の興奮の度合いもまた、美沙に全てバレているということになる。

もちろん、そうなるのには理由がある。

俺が美沙に、ここまではまってしまう理由。

一言で言えば、背徳感が半端ない。

それこそ、親子ほどの年齢差があることが一番だ。計算では、俺が社会人になったときこいつはまだ生まれたての赤ちゃんだったことになる。

それに加えて、今、俺が手にしている、でかいおっぱいが凄い。女性特有の身体のくびれもまだ全然できあがっていないボディラインのくせに、そこだけは一人前どころか、大人顔負けの大きさで俺という男を誘惑してくる。

なのに、お尻は小さく、おまんこも狭く、その辺りは年相応なので、エロい胸とのギャップが激しい。

そんな美沙の挑発に乗る形で、俺が童貞を捨てたのは、つい最近のことだ。

当然、美沙も処女だったから、はじめて同士ということになる。

女としての魅力を半端に自覚していた彼女が、ませガキ特有のイキった口調で俺という男を煽ってきたのがきっかけだった。

そこから、童貞と処女だった俺たちは、セックスにどハマりした。

アラサーから本物の三十代へ、そしてアラフォーへと変化するまで、本物の女の感触を知らなかった男が、今まさに性に開花し始めた女の子と交われば、当然そうなる。

そんな美沙との、互いを挑発し、時に罵り合い、言葉責めでつばぜり合いをしながら腰を進めていくセックスは、しっとりとした雰囲気とはほど遠い、わちゃわちゃとした雰囲気のものだ。

ただ、それがとてつもなく、気持ちいい。

美沙を、全身で感じて、全身で受け止めているように感じられるから。

だから、興奮する。

こんな、でっかい胸のガキに俺は興奮する。

興奮して、躍起になって腰を揺り動かして、愛欲と情欲がたっぷり染みこんだ精液を、美沙の膣内に注いでいく。

「う、うぁ♥　おちんぽ膨らんできた♥　雑魚ちんぽ、もう出るんだ。出しちゃうんだ。我慢できないんだ？　あたしの膣内でイキたくてしかたないんだ？」

「よく言うよなぁ。イキたがってんの、美沙も同じだろ。てか、さっきから軽く三回はイったよな？」

「そんなにイってないし。二回だしっ……♥」

ラストスパートをかけて、震え上がっているひだひだを擦り上げつつ、膣奥を突き崩していく。

枕代わりのクッションをぎゅっと掴む小さな手が、美沙も絶頂が間近に迫っていることを教えてくれる。

「あ、ぁ、あ、あ♥ ひぁ♥ ふぁっ、ふゃぁあああっ♥ やばっ、ちんぽすごいっ、獣ちんぽ、あたしの膣内で暴れてるぅっ♥ だ、だめ、これだめだよぉっ、イく、イく、絶対イかされちゃ、ひ、ひぁあっ♥ んぁっやっやぁぁぁあぁあああ〜〜〜ッ♥♥」

大人の俺がガキに覆い被さって激しく腰を動かすという、絵面だけを捉えると犯罪そのものの構図。

けど、それが俺たちの日常で、俺たちの関係。

そしてこれは、美沙を『わからせた』結果だ。

当然、美沙の身体がこんなに素直になるまでは色々あったし、素直な心の声を聞くまでには更に色々あった。

思い返せば、出会ったばかりの頃、こいつは本当に生意気なだけのメスガキだった。

第一章 我が家への来訪者

世の中、科学と文化が発展すれば、生活様式も変わる。

それも、きっかけさえあれば、変化は一気に訪れる。

自分としては、昨今のリモートワークへの移行は歓迎材料だった。

頭の固い経営者たちは、コミュニケーションがどうこうと愚痴をこぼし、極力会社に来させようとしているが、正直それは自分の仕事の内容からすると無意味だ。

パソコン一台あればいい技術者は、家で仕事ができるならそっちのほうがいい。

満員電車に揺られることもなければ、夜の歓楽街に付き合わされることもない。人付き合いが得意ではない俺にとっては、今の業務形態のほうが精神的に楽だと断定できる。

つまり、平日のスケジューリングは、だいたいこうなる。

朝の9時に、仕事開始の合図を送る。

昼の1時と、終業の6時に日報と成果物をまとめて上司の指示を仰ぐ。

それだけ。ただそれだけ。

往復の通勤時間で無駄に浪費していた2時間以上を、他の趣味や道楽に使えるようになったわけだから、生活に余裕が増えた。期せずして、効率的かつゆとりのある生活が手に入ったわけだ。

今日もきっちり、6時までは仕事用のパソコンに向かう。

プログラムを書き、検証をスタートさせたところで、一息ついて天井を仰ぐ。

「まぁ、ここまで効率化した世の中だけど……俺ひとり、この家に住んでるってのも、非効率っちゃ非効率だよなぁ……」

住んでいる家は、郊外の一軒家。ベッドタウンの一角にあり、国道や県道からも離れている、いわゆる閑静な住宅街にあり、築四十年ほどの古い家だが、ゆとりのある4LDKの間取りで、庭も軽く家庭菜園ができるくらいのスペースはある。

昔から親父は酒が入ると毎回、一介のサラリーマンでありながら一軒家を持ったことを自画自賛していた。

その親父と母さんは、定年を機に田舎へと移住。この一軒家よりも古い家を譲り受け、リノベーションを繰り返してまったく別物の家へと進化させた。さらにこれまた格安で借りている畑で色とりどりの季節の野菜を作って生活費の足しにするという、転生もののラノベも顔負けのスローライフに興じている。

弟も、結婚して嫁さんの家の近くに移り住んだ。

ということで、４ＬＤＫの家には俺ひとり。

親父たちについていく、という選択肢は、最初から俺にはなかった。自家用車が必須でかつ通信網も未だに高速回線が来ていない田舎暮らしなど、完全にＮＧに決まっている。

そんなこんなで、俺がこのだだっ広い家にひとりきり、という状態になって二年ほど。更に在宅勤務が定着して一年と少々。

昼は仕事をしつつ、夜はひとりで第三のビールを片手にネトゲ、ソシャゲ。

自分が足を踏み入れる場所は、それなりに掃除はしているものの、他はあまり手をかけていない。特に庭の植木は伸び放題で、そろそろ道路側にはみ出た枝くらいはどうにかしなければいけないと思っている。

そんな、ある平日の午後。

「ええ、お願いします。こちらの目処は立っていますので……そうですね、その仕様変更にも対応できます。はい、今週中には一式まとめて送信できますので。はい、ではそのように進めますね」

いつものとおりパソコンに向かって業務をこなす。

急きょ入った仕事に関して、臨時でネットを利用した会議をし、プロジェクトリーダーとすり合わせをする。

打ち合わせが終わり、会議用のウィンドウを閉じつつインカムを外して一息つく。

と、家の外から複数の声が聞こえてきた。

泥棒のたぐいではない、乱雑な足音。はしゃいでいるのが丸わかりな声は、無駄にでかく、そして高い。

「放課後になったのか。ま、元気なこって」

彼らの声の存在が、時間を知らせてくれる。多少のうるささは、時報としての役目を担っていると考えれば我慢できる。

……が。

いつもはただ走り去るだけの、その複数の足音が、なぜかいつまでも聞こえていた。それどころか、妙なひそひそ声が庭から聞こえてきた。

こっちは二階の仕事部屋にいるが、昼ということもあって、灯りは外に漏れていない。ガキが、この家を空き家か留守だと思い込んで、遊び場にしようと侵入してきたか。

「おい！」

不意打ち気味に、ガラッと勢いよく窓を開け、でかい声で一喝する。

大人サイズから一回り小さい後頭部が、４つほど見えた。

そのうちの三つは、俺の大声でびくんと震え上がっていた。

「ここは一応、俺の家だからな。チャイムも鳴らさないで勝手に入ると、たとえ庭先でも不法侵入になるぞ。わかったら出てけ」

うっわやっべ、とか、ごめんなさいー、とかいう男子の声が聞こえ、さっき見えた頭は玄関から外に出て逃げていった。

再び、静寂が戻ってくる。

仕事をしている流れが、ガキ数人に遮断されてしまったので、一息つくことにする。

コーヒーでも飲むかと、リビングに降りる。

「よっス」

と、そこには見知らぬ女の子がいて、俺より先に冷蔵庫の扉を開けていた。

いや、見知らぬというと語弊がある。さっき二階から見た後頭部のうち、一つはこんな髪型をしていた。

ややウェーブのかかった髪を、左右でツインテールに結わえている女の子。

格好はラフで派手め。はだけた上着からちらちらと見えるキャミソールも、下に履いているショートパンツも、ショート丈。今風に表現すると、切り取られた、という意味の、クロップドといえばいいんだろうか。

なので、肩口やお腹周りに、これ見よがしな肌の露出がある。そのあたりが、大人と比べても、小生意気感が強い。

しかも、そのお腹の上。

ひけを取らないどころか、下手な大人よりも立派な膨らみが二つ。

基本的に姿勢がいいから、その膨らみが余計に強調されている。

背筋がピンとしているのは、彼女の人としての自信の表れだろう。俺の喝を受けても物怖じしないで、しかも家の中にまで侵入してきたところを見ると、本当に『小生意気』なガキなのかもしれない。

「ねー喉かわいてんだけど。なんかジュースない？ できれば炭酸のヤツ」

……なのかもしれない、ではない。小生意気なガキそのものだ。

「……あのな。さっき俺、言ったよな。不法侵入だって」

「そこの窓、フツーに鍵かかってませんでしたケド。リビング開けっぱなしって、そっちが不用心なのがいけないと思うんだー」

「それでも不法侵入は不法侵入だ」

「えー？ 自分はミリも悪くないってゆーの？ 全部あたしのせいにすんの？ てかさ、こーんな古くてボッロい家に、誰か住んでるなんて思ってなかったし」

「たとえ人が住んでないとしても、人が所有している土地に断りなしに入るのはいけないことだ。学校で習わなかったのか」

「ぶーぶー。センセ、そんなコト教えないもんねー。つっまんない授業ばっかだし」

再度、前言撤回。

小生意気どころではない。クソ生意気だ、こいつ。

教師に対する評価といい、根本的に大人を舐めている感が半端ない。

俺のあごより下にこいつの頭骨がある。そんなちっこい女の子のくせに、こっちを見上げてくる表情は余裕たっぷりのにやけ顔だ。

「でさ。ジュースないの？」

こいつ、どうしてやろうか。

つまみ出すのは簡単だが、それ以上に、この必要以上に伸びきった鼻っ柱をへし折ってやりたいという気になってきた。

「誰かわからない不法侵入者にわけてやる飲み物が、あると思うのかよ」

「松永美沙」

「は？」

「だからー、あたしの名前。松永、美沙。美沙でいいよ」

「……いや、お前の名前なんてどうでもいいんだよ」

「よくないしー。誰だかわからないーって言われたから、わざわざ名前教えてあげたんですー。あたしの優しさに感謝してほしいくらいですぅー」

語尾を『すぅー』と強調されて、軽くイラっときた。

「で、浩一（こういち）おじさん」

「あ？　なんでお前、俺の名前知ってんだよ。てかおじさんってなんだ」

「ぷっ、あははは！　どう見てもおじさんじゃん。ひげ生えてるし、顔もほら、おでことか目の周りとか、なんもしなくてもしわ寄ってるし。自分はまだ若いって言っちゃうおじさん、痛いよ？　うっわ福田浩一すっげー痛い。痛ってー。マジ痛ってー♪」

　年齢を茶化されて、更にイラっときてしまった。

「俺の質問に答えろ。どうして名前を……」

「あはは、ばっかじゃね？　表に表札出てんだもん、それ読んでただけだし♪」

　最近のガキは、要らないところにばかり知恵が回る。

　全てにおいて先手を打たれている感じで、正直、イライラが収まらない。

「……で？　お前におごってやるジュースはないぞ。それは変わらない」

「うっわケチくさ」

「ちなみに、俺に無断で冷蔵庫の中にあるものを飲み食いしたら窃盗罪だからな」

「うわうわうわ理屈くっさ。大人なのに心せっま」

「近所のガキに無条件で食いもんあげるのは、田舎のばあちゃんくらいのもんだろうが」

　いかん。さっきのいらつきが、収まっていない。

　だんだんと、このガキのペースに乗せられている気がする。

　話をすればするほど、泥沼にはまる。第一こいつは、俺の忠告や指示なんて聞く耳を持っていない。美沙からすれば、ただジュースが欲しいから近くにある冷蔵庫を開けただけで、『あたしはそんなに悪いことをしていない』という認識なんだろうから。

これ以上長引く前に、理知的に素早く対処するのが吉だ。

「うっわ、なにすんの！」

「言うことを聞かないガキを、つまみ出すんだよ」

くそガキの後ろに回り、襟ぐりの裏を掴む。

ガキがじたばたと暴れ出したけど、このまま引きずって、庭にポイと捨ててやろう。

それこそ、大人の膂力を舐めるなよ、というヤツだ。

ただ、力で解決しようとした俺の考えは、ものすごく浅はかだった。

「ちょ、待って。やだ、触んなヘンタイ！　誰か助けて、襲われるーっ！」

暴れたガキが、そう叫ぶ。

瞬時に理解した。このガキの乱入というトラブルに対し、俺が数ある初期対応の中でも悪手中の悪手をやらかしたのだと。

このご時世において、軽々しく女の子に触れることがどんな意味を持つのか、もっと冷静になって考えるべきだった。

が、後悔してももう遅い。

更に悪手なのが、美沙に軽く抵抗されただけで、俺が動揺してしまい、ぴたりと動きを止めてしまったことだ。

「……にひ♥」

これは、まずい。

このガキ、よりによって察しがいい。

今の動揺が、完全に伝わってしまっている。

俺の家のはずなのに、そしてこのませガキのほうが悪いことをしているはずなのに。下手をすると今、家主である俺のほうが立場が下、まである展開になってしまっている。

「うっわおじさんよっわ。つか根本的に？　女の子に弱そう、みたいな？」

「っ」

「きゃははははっ！　だよねー、おじさん結婚してないっぽいし。つか結婚できなさそーだし、彼女とかもいなさそーだもんねー。マジであたし以外で、年単位で女の子と話したことないんじゃね？　的な？」

「う、うっせ。あるわ、会社で経理の子と普通に喋ってるわ」

「くすくすっ。顔赤いんですケドー！　てかナニ、おじさん仕事してんの？　ニートじゃねーの？」

「してるわ！　最近はやりのリモートワークだわ！」

「えっうっそマジで？　いやいやウソだよねー、マジなら証拠見せてよ」

「見せられるわけないだろ。守秘義務ってヤツがあんだよ」

「言い訳してるー！　やっぱウソついてんだー！」

「だから違ぇって！」

どうして俺は、ここまでむきになってしまっているんだろう。

単に、ガキに舐められっぱなしだという現実に、耐えられなかったのか。

大人の威厳というヤツを、どうにかして取り戻したかったのか。

ガキのペースで話が進んでしまっているのを、どうにかしないといけないはずなのに、逆に俺のほうがガキのレベルまで下がってしまっている。

どうにかして、主導権を握り返さないと。

よし。ここは、大人でいうところの会社名と所属を割り出そう。

どこの学校の松永美沙さんかが、わかりさえすればいい。通報してやるの一言は、それなりに効くだろうから。

「やーいやーいニートニート！　ニートのくせにこんなでっかい家に住んでるなんて生意気だー！　だからあたしが使ってあげる。ここん家ってさ、庭もあるし、でっかい木が生えてるから外からも見えないし。隠れ家みたいなカンジでイケると思うんだよねー」

「いや、だから俺の家だし。俺の仕事場でもあるんだし」

「ショーコ見せてって言ってんじゃん」

「できるわけねーんだよ。お前だって、今日会ったばっかのおじさんに、いきなり学生手帳見せられるか？　それとおんなじだよ。お前が自分で個人情報を守らないといけないみたいに、俺も会社の情報は守らないといけないの」

「そんなぐだぐだお説教されても、意味わかんないんですケド」

「わかるだろ、学生手帳のくだりくらいは！」

「がくせーてちょー？　いや、マジでイミフ。なにそれ？」

……いや。いやいやいやいや。

マジかコイツ。学生手帳を知らない？

俺としては、かなり出来のいい誘導のつもりだったんだが。

このガキの性格からして、そんなん簡単に見せられますー、と手帳を突きつけてくるだろうから、そこから学校名を特定して、通報をちらつかせて追い出す、という流れを想定していた。

が、初手で行き詰まった。

学生手帳を知らない。つまり当然、そんなものを持っていない。

よくよく考えれば、この時間に私服でうろついているのも変な話だ。だいたいの学生は部活やら塾やらで忙しいはずだから。

て、ことは、だ……。

いや、嘘だろう。この身体で、この胸で、あり得る話では……。

「視線えっろ」

つり目の彼女が、一瞬、ジト目になる。

その表情に、またうろたえてしまった俺がいる。

「ねぇ、おじさん。どーしてあたしのおっぱい、見てたの？」

ジト目モードが解除され、人を小馬鹿にした含み笑いが復活する。

こうなるのは当然だ。ついさっきまで、俺はこのガキのでかいおっぱいを凝視していたんだから。

ただ、そうなるのもしかたがない。

改めて見ると、でかい。

本当に、でかい。

EとかFとか、あるいはそれより先のアルファベットが似合うレベルの膨らみ。

胸のてっぺんを頂点にして、しわが寄っているキャミソール。

よく、アニメやCGなんかで、下着や水着の肩紐と上乳の間に隙間が空いている、フェティッシュな絵があるが、このガキの胸回りは現在進行形でその状態だ。

「あーあ、どーしよっかなー♪　ニートのおじさんに家に連れ込まれて、おっぱいじーっと見られたーって、明日言っちゃおっかなー♪　あ、それともアレ？　警察のほうがいい？おまわりさーんって交番に駆け込めばおっけー？」

「やめろ！　そんなこと、冗談じゃ済まないぞ！」

「あ？」

「えっ、あ……」

今度は、つり目の目尻が、片方だけ更につり上がる。

喜怒哀楽がはっきりとしているのは、感情が読みやすいから助かるが、こうもストレートに威圧されると、割とこたえるものがある。

「えっと……冗談でも、警察沙汰にするのはよくないだろ。な？」

若干、下からの物言いになってしまう。

そりゃあそうだ。アラフォーおじさんと女の子、世間がどっちの味方をするかといえば、当然後者になる。

それにこのガキ、恐らく演技力は持ち合わせている。涙目になって警官に泣きつくくらいのことは、ためらいなくしでかすだろう。

だめだ、完敗だ。

大人しくジュースの一つくらい、出してやるとするか。

「くそ、わかったよ。ジュースだったよな。なにがいい」

「え？　なになに、どしたの？　いきなりおじさん、フレンドリーになったんですけど」

「お前と言い争うのは、時間を浪費するだけの無駄な行為だと悟ったんだよ。飲み物一杯でお前の機嫌が直るなら、安いもんだ」

「………」

「どうした、不機嫌な顔して」

「つまんない。大人ぶってるおじさん、おもしろくない」

「いやいや、じゃあどうしろってんだよ。ずーっとお前と、出来の悪いコントみたいな言い争いしろってのか？」

「それもいーけど、なんかおもしろいことしたい。ね、ね、なんかない？」

「……お前それ、かわいいうちにしか言えねー台詞だぞ。社会人がそのノリだと寒いだけだから、今のうちに覚えて改善しとけ」

「うっわまた説教だよこのおじさん」

「説教されるような言動を立て続けにするお前がいけない」

「んじゃ教えてよ。あれはダメこれもダメって否定して、どうすりゃいいのか教えないなんて、ろくな大人じゃないじゃん。説教って説いて教えるって書くんだよ？　教える抜けてるよ？　おじさんの説教、不完全だよ？　そんなの意味ないよ？」

ああ言えばこう言う。屁理屈をこねまくる。

頭の回るガキは、これだから困る。

「だから……おもしろいことをしたいんだったら、まず自分でおもしろそうなことを考えろって。案がなにもなけりゃ、こっちも考えようがないんだから」

それらしいことを言って、煙に巻く。

と。

わかりやすくしかめっ面をしていたガキの顔が、一変した。

これまたわかりやすく、頭の上にイメージされた電球に灯りがついたような顔をした。

こいつにとっての『おもしろいこと』を、思いついたような目。

きっとそれは、俺にとって『ろくでもないこと』だろうけど。

「んじゃさ、ちんこ見せてよ」

今日何度目かの、心の中での前言撤回。

ろくでもないこと、じゃない。とんでもないことだった。

「おーい、聞こえてるよねー。ねーねー、ちんこ見せて。つか出して」

「……っ……？　えっ、なんで」

「なんでって、おもしろいじゃん。大人のちんことか、あたし見たことないし。てかキョドってるおじさん、めっちゃおもしろいし♪」

「それが狙いかよ。んな低レベルなことで、大人をからかうもんじゃないぞ」

「あっれぇおっかしーなぁ。おじさんだってあたしのおっぱいガン見してんだし？　それって大人としてのレベルはどーなんだよってトコ、めっちゃギモンなんですけどぉー？」

この土壇場にきて、発覚した問題点がある。

しかも、二つも。

一つは……割と俺が、胸のでかい女性が好みだということ。

そしてもう一つ。これがかなり致命傷なのだが。

俺に、女性との経験が皆無なこと、だ。

大人の女性を知っているなら、ガキの誘惑なんて簡単に振り払える、と思う。

ただ、しかし。

ちんこ出して、と。男性器を見せて、と。

そんなことを女性の口から、しかもこんな間近で言われたことなんて、ない。

黒目が泳ぐ。膝が小刻みに震える。動揺が隠しきれない。

意識してか、それとも無意識のうちにかもわからないうちに、事もあろうに、俺の目線はこいつの身体の中で最も大人びた場所へと向かってしまっていた。

「あは♥　なぁんだ、やっぱそうだ。おじさん、おっぱい好きっしょ♥」

上手く、言葉が返せない。

「てか、男の人っておっぱい見せたら黙るみたいな？　コーフンして他のこと考えられなくなる的な？　マジでゆきねぇが言ってたとおりで、やっぱゆきねぇすげーってカンジなんだよねー」

あ、ゆきねぇってあたしの隣の家のみゆきさんっていう知り合い、てゆーかお姉ちゃんみたいなトモダチなんだけどー、と、どうでもいいような情報を挟みつつ、このませガキは胸の谷間を見せつけながら俺ににじり寄ってきた。

改めて、視線が合う。

上目遣いで俺の顔を覗き込んでくる、ませガキ。

こいつの尻には、黒々とした尻尾が生えているんじゃないか。頭には角があるんじゃないか。犬歯にあたる部分から牙が伸びているんじゃないか。

純真無垢な輝きをしているくせに、小悪魔を通り越してガッツリ悪魔なその瞳は、覗き込んだら最後、魅了の魔法がかかってしまうトラップなんじゃないか。

そう、思ってしまうほど。

この舞台がゲームやエロ漫画エロ雑誌だったら、彼女は120パーセントサキュバスで大人の俺を搾精の対象、つまり獲物と認識してやってきた、というシチュエーションでしかない。

「使わせてあげよっか」

「な、なにを」

「だから、おっぱい。おじさんがちんこ見せてくれたら、はさんだげる♪」

こんなガキに手を出したらいけない。

それどころか、手を出させてもいけない。

俺自身の理性が、そう警告している。

ただ、身体が警告どおりに動いてくれない。大人としての危機が迫っているのに、男としての欲望のほうが先に立ってしまっている。

そう、文字通り。

立って、勃ってしまっているんだ。

「なんだ、もう半分ボッキしてんじゃん。じゃ、拒否れるワケないよねー」

ガキの手が、俺のズボンにかかる。

そこで、この悪魔のようなガキが、更に一言。

「マジで止めてほしいんだったら、あたしのコト、突き飛ばしてみなよ」

そんなこと、できるはずもなく。

俺ははじめて、女性に興奮している局部を晒した。

「うっわ、でっか。なにコレでっか！」

下半身を裸にされた俺。ぼろんと出てきた肉の塊。

それを見つめて、今日一番目を丸くして驚くこのガキ。

「なんか迫力ある～。あはははっ、おじさんのちんこ、さすがに大人ってカンジする～。すっげーでっけー」

「お、おう。ありがとな」

「は？　なんで？」

思わず、口から礼が出てしまった。

でかいと評価されて、単純に喜んでしまったこの一瞬だけは、俺のほうがガキだ。

「う、うっさい。女の子に大きいって言われたら嬉しいもんなんだよ、男って」

「ふぅん？　よくわかんないケド。あたし、男におっぱいでかいねって言われてもなーんとも思わないし。つか、そんなコトでいちいち嬉しがるなんて、おじさん単純だよね」

こいつはいつの間にかしゃがみ込んで、ちんこをじっくりと観察している。

頬が少し紅く染まっているのは、純粋にわくわくしているだけで、性的な興奮というわけではなさそうだ。

そして。

こいつの手が、迷いなくちんこの根元を掴んでくる。

「ッ！」

「お？」

「ちょ、待て、折れる！　強い強い！」

「お？　あはは、ごめんごめん。マジででっかいから、ガッツリ掴んでもいっかなーって思ったんだけど、違うんだ？　ちんこって、赤黒くって、すっげーオトコー！　ってカンジなんだけど、案外繊細なんだね。あははっ」

小さな手がちんこの表面を上下するだけで、背筋が軽く震え上がってしまう。

間違いなくそれは、今まで俺が感じたことのない快感だった。

こんなガキが、相手なのに。

こんなガキに、単純にいじくられているだけなのに。

「でさ。コレ、ボッキしてるって解釈でオッケーなの？」

「っ、そ、そうだけど」

「あはは、ウケる。そうだけど、だって。あたしみたいなガキでちんこでっかくするなんて、おじさんアレじゃね？　ロリコンとかいうヘンタイじゃね？」

「うっさい。これでも普通な反応なんだよ。そんな立派なおっぱい持ってるお前を、ちんこはガキだって認識してないんだから」

「うっわ言い訳してる。ちんこが節操なくてだらしないのを、あたしのせいにしてるー。うわうわだっさ。めっちゃだっさ」

ださいのも、変態なのも、自覚している。

けど、微少な感覚ながらも、俺は生まれて初めて、性的な愛撫を受けてしまっている。

その感覚が、俺という男を惑わせる。

自分の手を動かさなくても、勝手にちんこに血が通っていく感覚。

目の前でガキの手が動くたび、小さな快感が引き出され、積み上がっていく感覚。

はじめてづくしの気持ちよさが、ちんこの感覚を完全に狂わせている。

「そだそだ、おっぱいで挟んであげるんだったよね」

このガキが、身体を寄せてくる。

未成熟な身体から、純粋な汗の匂いと、ふんわりとしたお日様の香りがミックスされて漂ってくる。

大人の女性のむせかえるような香水だらけのものとは違う、天然の香り。

そして、その天然の香りと不釣り合いな、絶妙にエロい形のおっぱい。

「えいっ♪」

左右から、挟まれる。

もう、頭がぼーっとしている。

自分の指先以外のものが、ちんこに触れただけで、あんなに気持ちよかったのに。それがおっぱいとなると、また違う気持ちよさが竿の根元にじわじわと生じてくる。

「あっはははは、なにコレ。ちんこ、さっきよりもガッチガチなんですケド。そんなに？　そんなにあたしのおっぱいでコーフンしちゃうんだ？」

「ぐ……し、しかたないだろ、おっぱい、好きなんだから……」

「ぶーぶー。そこはさー、嘘でも『美沙様の』おっぱいが好きって言うべきトコだと思うよーっ?　そしたらもーっと、おっぱいでむぎゅーってしたげるよー?」

ただでさえ身体が屈しかけているのに、ここで美沙様なんて呼んで心まで屈してしまったら取り返しがつかなくなる。

こんなガキに、調教されてたまるか。

一応、俺だって男だ。童貞だって男だ。ここで踏ん張らなくてどうする。

「なーに、顔真っ赤にして黙りこくって。うっわかわいー。ガマンしてんだ?」

「ち、違う。そんなんじゃない」

「強情だよねー。素直なおじさんのほうが、あたし、好きなんだけどなー」

「っ?　ちょ……ぐ、うぅ!」

左右から、胸を寄せてくる。

本格的に、竿が挟まれ、圧を受ける。

目で見て、更にちんこで感じる、この圧倒的なボリューム感。

「っ、うわ、すげ……」

無意識のうちに、小さく声が漏れてしまう。

当然、このガキはそれを聞き逃さず、にんまりと妖しく微笑んだ。

「にひひひっ♪　おじさん、どうしてほしい?　『美沙様、お願いします』って言えば、なーんでもしたげるよ?　あっはははは!」

「い……言えるか、そんなこと……」

「強がってるけどー、おっぱい、上下にふるふるされるとどーかなー？」

「っ！　う……！　うぁ、あっ……！」

圧が、すごい。

これが、いわゆるガキ巨乳の威力なのか。

でかいのに、張りがある。それでいてどことなくふんわりとしているという、第二次性徴期のみずみずしさ全開の肌質。無駄な脂肪が垂れ下がっているのではなく、女の子の魅力が釣り鐘の形にぎゅっと詰まっている感じ。

ちんこで受けた刺激が、背筋を貫き、脳を強張らせる。

その脳が、余計なことを思い出す。

学生のとき、奇跡的に数ヶ月、女の子と付き合ったことがあった、とか。

その女の子も、こいつみたいにおっぱいがでかかった、とか。

そのおっぱいに挟まれることを想像して、自慰を何回も繰り返した、とか。

同窓会でそいつと再会したら、既に結婚していて、ふたりいる子供のことを幸せそうに話していたな、とか。

いろいろな要素がごちゃ混ぜになって、更に思考をおかしくさせる。

「美沙」

様こそつけていないものの、俺は彼女の名前をはじめて呼んでいた。

ガキ、とか、こいつ、とかではなく、美沙、と。

それはきっと、俺の根本にある部分が、こいつを女の子と認識したからだろう。

「美沙、もっとしてくれ」

「んー、もう一声」

「おっぱい、気持ちいいんだ。挟み込んで、動かしてくれないか」

「へーぇ。じゃあ、あたしがこの部屋使うの、許してくれるんだ？」

「っ……常識の範囲でなら、な」

「ジュースとか、勝手に漁ってもいいんだ？」

「それも、常識の範囲でなら」

「ぷっ、あははっ。おっぱいと引き換えに、そんなことまで許すんだ、おじさんって。さっきはあーんなに偉そうに、あたしのコト注意してたくせに、なっさけないよねー♪」

これに関しては、事実、なにも言い返せない。

俺は、いっときの快楽のために、美沙に対するガードを五段階くらい下げてしまった。しかもそのガード、今後上がることは一切ないだろう。

「あたし知ってるよ。おじさんみたいなの、雑魚ちんぽって言うんでしょ」

「っ」

「簡単に気持ちよくなって、女の子にフッーに負けちゃって、なんでも言うこと聞くようになっちゃうの。降参して負けちゃう雑魚ちんぽ♪　うっわなっさけなー。こんなでっかいくせに最弱ー。見かけ倒しのクソ雑魚ちんぽー♪」

ここぞとばかりに、なじってくる。

ただ、困ったことに。

俺はこの状況で、おっぱいに急所を挟まれているまさに今、新しい感覚に身を震わせてしまっている。

わかる。

エロ漫画の男の気持ちが、わかってしまう。

雑魚となじられるくらいでパイズリしてもらえるなら、それでいいと思った。なじられるだけでエロいことができるなら、それで構わないと思ってしまった。

この状態で、目的と手段が混同すると、なじられただけで感じるマゾができあがる。本物の変態ができあがる。

薄氷一枚で自制心が残っている状態。こいつの言いなりになる、まさに一歩手前。

ただ、エロ漫画の方向性として、王道なのがもう一種類ある。

『いつか、わからせてやる』。このパターンだ。

今は泳がせておいて、いつかは大人の力で逆襲する。おっぱいに屈するのは一時的な敗北に過ぎない。戦略的に引いているだけで、押して押して押しまくって勝利する日を必ず見いだす、このパターン。

「ねーぇ、雑魚ちんぽー。もしかしてー、おっぱいでむにむにされてるだけでー、せーえきびゅっぴゅしちゃいそーなのー？」

……とりあえず。

その、逆襲の目を残すには、俺の名実共に雑魚な童貞ちんぽに経験を積ませ、堪え性という現在ゼロのパラメーターを上げていかないといけない。

だから、堪えろ。堪えて堪えて、簡単には屈しないと、このガキに示せ。

「お？　なーんか必死？　なぁにおじさん、もしかして逃げようとしてんの？　おっぱい好きなくせにー、ガマンしちゃってんのー？　うっわだっさ。動かしてくれとか言ってたくせに、いまさら感パないよねー。シリメツレツー」

「うぐ……しかたないだろ、こんなの、はじめてなんだから」

今日の俺は、どうかしている。

まさか、こんなに簡単に自分の情報を暴露してしまうなんて。

目の前のおっぱいに、ここまで惹かれてしまっている。でかいおっぱいが、俺をとことん惑わしている。

そう考えなければ、このしくじりの連続を説明できない。

「……へ～ぇ♪　そぉなんだ～♪」

　案の定、にんまりと笑みを浮かべ、またまた俺の顔を覗き込んできた。

「ねぇねぇおじさん、歳いくつだっけ？」

「……三十八」

「三十八？　さんじゅうはち？　それでドーテーなんだ？　きゃははは っ、じゃぁこの雑魚ちんぽ、あたしのおっぱいがはじめてのおっぱいだったんだ？　どーりで。どーりでだよホント。なるよねー、なっちゃうよねー、あたしの言いなりになるのすっっっっっっごいわかるー♪　やーいやーいドーテー雑魚ちんぽー♪」

「一応、気にしてるんだ。これ見よがしに連呼しないでくれ」

「えっ、ドーテーなんで。事実じゃんドーテー。アレだよね、その歳のドーテーって魔法使えるんだよね。ドーテーのおじさんはどういう魔法使えんの。もしかして魔法でこのドーテーちんぽおっきくしてんの」

「……っ……」

「うっわ泣いた！　ドーテーが泣いた！　きっしょ！」

　どこまで俺の傷をえぐってくるんだろう。

　もう、精神的には完敗だ。

　ただ、少しずつおっぱいの圧には慣れてきた。このままいけば、ちんこがいきなり暴発する、という失態はしないで済む。

　童貞なりの、大人の意地だ。こんなガキ相手に絶頂させられたりは……。

「まーまー、いーじゃんドーテーでも。つか、あたしがドーテーちんぽのはじめての相手になってあげるんだし？　もちろん、おじさんがあたしの言うコト、ちゃーんと聞いてくれないと、してあげないけどねー♪」

　絶対、絶頂、させられたりは、しない……！

「ん、ちゅ♥」

　……といった心の中での決意が、たった一発で吹き飛ぶ。

　そう、たった一つ。

　小さな舌が、ちんこの先端に触れただけで。

　俺の理性が、ごっそりと抜け落ちていくのがわかった。

「んふふ～、サービスしてあげんね。これは～、この部屋自由に使っていいよーって言ってくれたおじさんへのプレゼント♪」

「ちょ、お前……」

「いーからいーから。雑魚ちんぽ、気持ちよくなってよ。んでブザマに射精しちゃえ♪　んく、ちゅぷ……ちゅく、ちゅく、ぬちゅ、ちゅぷぷっ……♥」

　小さくてぬるぬるで、ピンク色の舌先が、亀頭の表面を這っていく。

多分、特筆すべきテクニックはない。性感帯を的確に刺激するというより、ただ舐め回しているに近い。

それでも、俺には十分すぎる刺激だ。

大きなおっぱいで挟まれ、先端を舌でつつかれるという、見本のようなパイズリがここに完成している。

「ちゅる、ちゅぷ、ぴちゅる……♪　んふふ～、すっげー。ちんぽがどんどんぬるぬるになってく。これエロいよね、めっちゃエロい♪」

「……お前、なんでこんなことまで知ってるんだよ」

「あはは。最近の『ガキ』は、ちんぽのイジメかたくらいお見通しなんですぅー。そんなこともわからないから、おじさんのちんぽは雑魚ちんぽなんですぅー♪」

俺を挑発しながらも、亀頭から唇を離さず、鈴口に舌を絡ませる。

更におっぱいでじわりと竿に圧をかけ、膨らみを弾ませるように動かしてちんこ全体をしごいてくる。

いたずらっぽい愛撫が、絶えず俺の性感帯を刺激する。逃れようのない快感によって、本来抑え込まなければいけない射精欲が引きずり出されていく。

「んちゅ、ぺろぺろ、くちゅる、ちゅぷ……んぅ？　んふふ～、おじさん、どしたの？めっちゃ息はぁはぁしてるよ？　雑魚ちんぽ震えちゃってるよ？　まさかまさかのマジ射精ですかぁー？　ガキのパイズリで、ドーテーちゃんびゅるびゅるしたくなっちゃったんですかぁー？」

「う、うっさい……そんな、びゅるびゅるとか言うな、っ、うぁっ！」

「にっひっひ♥　うぁあっ！　だって♪　女の子みたいななっさけないドーテー声～♪　ほらほら、雑魚ちゃん、負けちゃえ負けちゃえ♪　おっぱいに降参しちゃえ～♪　んく、ぬちゅる、ちゅぷ……♪　れぅれぅ、れりゅれりゅ、ぬりゅっくりゅぅぅぅっ」

竿を自分の手でしごくことしか知らなかった俺にとって、ねっとりとした唾液を絡めて舐められる愛撫は、まさに新しい感覚であり、新境地でもあった。

小さな舌がうごめくたび、強烈な電気が背筋を突き抜ける。腰がひとりでに前に出て、ふわふわと浮いていく。

「んちゅっちゅぷっちゅるぅっ♪　ほーら、出、せ♪　イっちゃえ、おじさんっ♪」

「っ……！　だ、だめだ、出る……っ、ひぅう！」

過去イチの変な声が、喉から飛び出た。

同時に、これまた過去イチの勢いで、ちんこから白濁とした液体が噴き上がる。

数日抜いてすらいなかった、熟成されてどろどろとした濃密な子種が、それこそ、びゅる、びゅくっ、という擬音がぴったりと当てはまる射精によって排出されていく。

「きゃんっ！　ちょ、なに、勢いすっご……ってかくっさ！　精液くっさー！」

ダマになって噴き出た塊のいくつかが、美沙の顔にかかる。

興味津々だったはずのガキの顔が、すん、と鼻を動かした瞬間、眉間にしわを寄せながらぐにゃりと曲がった。

「うぇぇ、くちゃい……なにこれ、ドーテーのせーえきってこんな鼻がひん曲がる匂いなの？　うっわ息できない、てかどろっどろでキモチワルイ！」

「はぁ、はぁ、お前なぁ……射精しろって煽っときながら、それはないだろ……」

「あたし、おっぱいに負ける雑魚ちんぽが見たかっただけだし。ガンシャとか許してないし。てかきっしょ、ぬるぬるするー！」

「待て、手で拭おうとするな、余計に広がる」

「じゃあどうすればいいの？　早くドーテーがなんとかしてよ！」

「わかったわかった。今、ウェットティッシュ持ってくるから」

それはもう、イレギュラーづくしの展開だった。

ガキとこんなに長い時間会話をしたのも、人生初。

というより、女の子とこんなに濃密に接したのも初めて。

ちんこを晒したのも過去に例を見ないし、性器への愛撫も当然未経験。

もちろん、あそこまでバカにされ、なじられたこともない。

そして初めての、自分で制御できない絶頂。

ティッシュ以外の場所に初めて吐き出した、精液。

ウェットティッシュで肌についた精液を拭き取って、臭い汚いと連呼する美沙の機嫌をなんとか直す、そんなミッションも追加された。

なにがまずいかといえば、総合して考えたとき、まず思い出すのが快感という事実。

下手をすると俺は、このすべすべの質感と、水を弾く弾力を併せ持つ肌に囚われてしまいかねない。それほどまでに、自慰と比べて快感の質も量も違った。

危うい。危うすぎる。この、エロボイスドラマもびっくりの初体験は、危うさしか残していない。

今の俺には、二つほどの選択肢ある。

一つめ。巨乳のガキに大の大人が言いなりになり、おもちゃにされ、マゾヒスティックな快感に溺れる奴隷コース。

二つめ。調子に乗った巨乳のガキを、次の機会に俺という大人が理性的に論破して諭しつつ、必要であればしっかりと反撃するわからせコース。

他に、関わりを断つ、力尽くで逆襲する、というコースもあるが、双方共に非現実的だ。

前者は今日のことを言いふらされたらアウトだし、後者はそもそも童貞の俺にそれだけの技量がない。

となると……一つめか、二つめ。

一つめも、リスクがある。おもちゃにされた時点で俺の理性は粉々に砕けているだろうから、もうこのガキを止められなくなる。外で口を滑らせられれば一巻の終わりだ。

となると。

理性的に諭し、反撃するコースだ。

「にひひっ、おじさん、なにぼーっとしてんの？　あ、わかった。さっきのキモチイイの思い出してたんだ。だよねー、すっごいアへ顔晒してたもんねー。あうあう言っててちんこビクンビクンさせてたもんねー。ドーテーちゃんには刺激強すぎたかなぁ。ごめんね？　きゃはははははっ♪」

精液の残滓を拭き取り終われば、これだ。

やはり、いいようにされてばかりではいられない。

こいつの性格だ。俺に取りつけた『この部屋を使っていい』という約束は、きっちりと利用するだろう。

のこのこやってきたそのときが、反撃のチャンスだ。

それまでに、対策を練り、仕込みをしておこう。

そして、翌日。午後4時を回った頃、昨日と同じように、急に庭先が騒がしくなる。

窓を開けて見てみると、また大人より一回り小さな頭が4つほど。

ただ、前回と違うのは、皆が皆、髪を結わいたりピンで留めてたりしていることだった。

女の子が4人。しかも先頭には、あの見慣れたウェーブのツインテール。

一瞬、心がざわつく。禁断の思考が頭をよぎる。とあるマゾ向けのエロ音声作品のパッケージを思い出す。それこそ大人の男が複数のメスガキにいいようにされるシチュエーションの作品で、目隠しをされたマゾが左右の乳首、ちんこ、更にアナルを舐められて無様にアへるストーリーだ。

美沙に反撃をすると決めた心が、ほんの一瞬だけ揺らぐ。正直なところ、昨日、美沙ひとりにあれだけ翻弄されたんだから、それが4倍になったらどうなるか、と考えた自分が確実にいる。

……だが、しかし。

今一度、窓から下を見る。そして、彼女たちを観察する。

遠目に見ても、立派な胸部をお持ちのガキは、見慣れた先頭のガキしかいない。上から見て胸の谷間がわかる美沙とは違い、他の三人は普通に年相応で、まな板とふくらみ始めとふくらみかけ。

改めて、俺のちんこを挟んだ膨らみが特殊だと認識すると共に、余計に他のガキには手を出してはいけないし、出させてもいけないという気になる。

まぁ、本来であれば、美沙にも手を出させてはいけないのだが。

「おい、お前たち、人の家の庭でなにをしている？」

と、いうことで。俺は声を張って、下の子たちに強めに問いかけた。

再現ビデオかと思うくらいに、美沙以外の子の頭が、びくんと反応した。

そして、やばいよ美沙、とか、やっぱそんなわけないじゃん、などという小さな声が聞こえてきた。

どうやら眼下のガキたちは、最低限の常識を持ち合わせているようだ。美沙を除いて。

「なぁにーおじさーん。昨日約束したじゃん、自由にリビング使っていいって。ジュースとかももらっていいって」

「確かにそうだが、たむろしていいとは一言も言っていないぞ」

「うっわ、大人のくせにけちくさ～」

「けちもなにも、許可なしで人の家に入ってくるのは不法侵入だって昨日も言っただろ。その『リビングを使っていい』ってのは、俺の家の前で熱中症でガキが倒れた、みたいなことがあったら困るから、学校から帰る途中に涼むくらいはしていい、っていうレベルの話だぞ。決して、遊び場にしていいって意味ではないからな」

まだ美沙は、けちだの約束違反だのと文句を垂れる。が、周りの友達たちが、そんな美沙をなだめて、大人しく帰ろうとする空気を作り出していた。

あまりに機嫌を損ねたままであいつを帰すのも、少々気が引けた。

美沙のことだ。かんしゃくを起こして、昨日のことをあることないこと友達に吹き込むということもあり得る。ジュースの一つくらいは、出してやることにする。

階下に行き、客用のグラスを食器棚から出し、冷蔵庫からペットボトルの飲み物を取り出して注ぎ、氷を浮かべる。

美沙以外の子たちは、ありがとう、と言い添えて、グラスのジュースを飲んでいった。

当の美沙は、仏頂面で一言。

「あたしたちが口つけたグラス、後でおじさん、舐め回したりしないでしょーね」

と、小さな爆弾を炸裂させてきたりもした。

他の子たちが、うわぁ、という顔になる前に、冷静に否定しておいた。


女の子たちが、立ち去る。

仕事部屋に戻って、作業を再開する。

コードを書いたり、デバッガを走らせたりを繰り返して、30分ほどが過ぎる。

一息つこうと、コーヒーを求めて階下に降りると、なぜか、帰ったはずの美沙がリビングにいて、昨日と同じように冷蔵庫の中身を漁っていた。

「なんでいるんだよ」

「あたしだけなら、リビング使っていいんでしょ？」

一切悪びれた様子もなく、勝手にペットボトルの飲料を取り出し、冷蔵庫の扉を乱暴に閉め、キャップを回してラッパ飲みをし始めた。

「てかさー、あたしに恥かかせないでよ。たむろすんなとか、ドケチなこと言ってさー。あのあとみんなに謝んの、超めんどかったんだから」

「自分がまいた種だろ。ていうかお前、友達相手だったら素直に謝れるのな」

「人をジョーシキないみたいにゆーな」

勝手にコーラを飲んでる目の前のガキのどこに、常識人の素養があるんだろうか……とツッコミを入れようかとも考えたが、すんでのところで言葉を飲み込んだ。こいつ相手に余計なことを口走ると、面倒なことにしかならないからだ。

まぁでも、少しだけほっとしたのも事実だ。

昨日のませガキっぷりが、美沙という女の子の全てだったら、目も当てられない。こいつはちゃんと普通に同級生と行動して、立場が悪くなったら頭を下げるといった風に、場の空気を読むことができるわけだ。

友達が相手なら、ごめんなさいと言える。感性もぶっ飛んでいない。

逆に考えると、俺という『おじさん』は、友達より気を遣わなくていい、なんでも要求できる、カースト最下層の存在だということになるが。

「あ、ゲームあるじゃん。遊んじゃお」

要求する以前に、ゲーム機を使うのに許可すら取らない。

「あたしが遊べるようなソフトないじゃん。うっわリングのコントローラーあるよ。なになに、フィットネスとかやってんの？　おじさんメタボ？　腹出てんの気にしてんだ？」

許可を取らないどころか、隙があれば暴言の数々を浴びせてくる。

「よく考えたらひとりでゲームすんのもアレだしー。ねぇおじさん、やっぱあの子たち、ここに連れてきていい？　いいよね？」

「だめ」

「なんでさー！　メタボ野郎はとことんケチだよねぇホンット！」

「メタボとそれは関係ない」

「んじゃぁわかった。許可してくんないなら、おっぱいで挟んだコト、みんなに言いふらしてやる」

暴言の次は、脅迫だ。

昨日と同じように、このガキはエロに弱い童貞を脅してきた。

ただ、同じ展開だけはだめだ。なし崩しに要求が増えるだけ。

「そう言うけど、ちんこ出せって先に言ったの、お前のほうだからな」

事実に基づいて反論する。

よし、俺の理性はまだ働いている。

「でも、おじさんもエロいことしたじゃん」

「どこが。俺はもてあそばれた側だぞ」

「あたしにセーエキぶっかけた。それだけでハンザイだよフツー」

「これも、出せって煽ったのはお前だぞ」

「そーだけどー！　でもでも、あたしみたいな子にぶっかけキメたーって言いふらしたらゼッタイおじさんのほうが負けるもんね。世間が許してくれなくなるもんね」

「……断っておくが、それ、脅迫だからな」

「だったらなにさ。こーなったら、ゼッッッタイにおじさんが逆らえないよう、ケーサツにでもなんにでも言ってやる！」

俺の理性は、まだ働いている。

仕込みをしておいた部屋で、ターゲットとなった人間を泳がせるという、柄にもないことをやったせいで、心臓はバクついているが。

おもむろに、仕事とは別の、私物のノートパソコンを立ち上げる。

「へ？　なにしてんの、おじさん」

状況が飲み込めていないガキがいるが、黙々と作業を続ける。

リビングのテレビに画像を出力するよう設定し、かつ接続機器のメモリカードにアクセスして、動画のファイルをクリックする。

画面に映し出されたのは、このリビングを撮影した定点カメラの映像。

昨日の仕込みはこれ。戸棚の奥まったところに設置しておいた、小型のカメラ。

今しがたの、こいつが俺を脅迫している場面が、ばっちり映っている。

「……なにこれ」

「こんなことになるだろうと思って、カメラを設置しておいたんだ」

「なんで、こんなコトしてんの」

「証拠だよ。お前が俺を脅してるっていう」

「はぁ?」

「確かに、俺は昨日、お前の胸でイかされた。それは認める。ただ、このビデオを見た人間は俺とお前の関係をどう読み取るか、そこをよーっく考えてみるんだな」

あからさまに、美沙の顔が歪む。

チッ、と舌打ちをして、こちらをにらみつけてくる。

この証拠がある以上、美沙が俺にパイズリをさせられたとするのには無理があるし、むしろエロを武器に大人をおとしめようとしているのは美沙のほうだ、ということになる。

俺も多少傷を負うが、そこはそれ。

俺に襲われたと吹聴して回ったとしても、このビデオの存在があるならば、美沙のほうが狼少年ならぬ狼少女のレッテルを貼られるだろう。

……という流れを、美沙も理解しているんだろう。

このガキ、ノリで調子に乗ると手がつけられなくなるが、

「なにこれ。おじさんのくせにナマイキ」

「ガキが大人を舐めてるからこうなる」

「粋がんな。ちんこはドーテーのくせに」

「ど、童貞かどうかは、今は関係ないだろ！」

「うっせ！　こーなったら直に外で言いふらしちゃる！」

なにを思ったのか、こいつはキャミをめくっておっぱいを露出させ、庭へ繋がる窓を全開にした。

そして、すぅぅぅ、と思いっきり息を吸った。

本能的にやばいと悟った俺は、とっさにこのガキの口を塞ぎにいった。

「ご近所のみなさーん！　この家に住んでるニートのドーテーはこのおっぱ、もがっ！」

後ろから手を伸ばし、口どころか顔面を手で覆う。

返す刀で窓を閉め、カーテンを閉じる。

危なかった。ニート、童貞、それくらいならいい。リモートワークを理解していない近

所のご老人たちには、俺は無職だと思っている輩だっているからいまさらだし、童貞として数十年イジられてきたからこれもいまさら。

美沙相手にエロいことをした事実に関して、大声で拡散されていないからオッケーだ。

「むー、むー、むぐーー！」

「お、すまん。息苦しかったか」

「っぷぁ！　なにすんだこのドーテー！」

じたばたと暴れる美沙。勢い余って、振り上げたかかとが思いっきり俺の足の甲を踏み抜く。

ガキといえど、それなりの体重が一点に乗れば、なかなかに痛い。一瞬息が止まり、のたうち回ってしまう程度には痛い。

「さいってー！　ドサクサに紛れておっぱい揉んだ！　やっぱエロいこのドーテー！」

「童貞関係ないだろ……てか、あんなにはしゃいでちんこ挟んでたくせに、服の上から触られたくらいで動揺するなって……うぉ、痛ってぇ……」

本当に、調子が狂う。

このガキの相手をしていると、俺の精神年齢がどんどん落ちていくのがわかる。

同レベルにはならないし、なりたくもないが、ただそれにどんどん近づいてしまっているような気がしてならない。

そして、痛い。左足が、めちゃくちゃ痛い。

「えっ、だいじょーぶ？　マジで起き上がれないレベル？」

さすがにばつが悪く感じたのか、ちょっと心配そうな顔で俺を覗き込んでくる美沙。

覗き込んでくる、ということは。

その、たわわかつ張りのある膨らみが、重力を受けて強調されるわけで。

見上げた先で、でっかいおっぱいの先端が、キャミソールを押していて……。

「……あのさ。一応あたし、おじさんのコト、心配してたんだけど」

いつの間にか、こいつの目がジト目になっていた。

踏み抜かれた足は、もう無視されている。その代わりにこいつは、俺の顔と股間を交互に見ていた。

その股間は、ズボンを軽く押し上げる程度には勃起していた。

「うっわ、なに？　こんな状況でもちんこでっかくできんの？　ドーテーのくせに？」

「ぐ……！　し、しかたないだろ。そんなでっかいのを見せつけられたら、嫌でも昨日のことを思い出すし、第一お前、いい香りするし」

ジト目が一転、きょとん、とした目になる。

そして……にやりと、ガキには不釣り合いな妖艶な笑み。

「ねぇ、おじさん、今日もいいコトしたげよっか」

ここぞとばかりに、誘ってきた。

すぐ発情するドーテーちんぽは、当然あたしの言うコト聞いてくれるよね？　と、顔に書いてある。

「どういう風の吹き回しだよ」

「別に。そのほうがお互い得かなーって思って」

「どこらへんが」

「おじさんは気持ちよくなれる。あたしはお金をもらえる。どーよ、得っしょ♪」

「待て、なんだその、お金をもらえるってのは」

「へ？　えっちなコトしたら、フツー女の子のほうがお金もらえるよね？」

昨日からそう思っていたけど、こいつ、エロいことに関して常識がなさすぎる。というより、知識の偏りがひどい。

一応、童貞ながら今まで同性愛に目覚めたり猟奇的なマゾに傾倒したりしたことがない一般的に常識人である俺からすると、セックスの根本は愛情表現のはずだ。

が、こいつは主に、俺をからかい、おとしめるためにエロを利用している。更に今になって金銭まで要求し始めた。

「えっ違うの？　ゆきねぇがそう言ってたよ、男の人は、ちょっとえっちなコトすれば言うコト聞いてくれるし、お小遣いだってくれるって♪　そーゆーの、パパ活って言うんだよね？　ねっ？」

昨日も出てきた、ゆき姉。恐らくこの人物が、こいつに要らないことを吹き込みまくっているんだろう。言わばこのガキが大人の男を舐めるようになった元凶だ。女性経験皆無の俺からすると、負けるのがわかっているから、絶対に出会いたくない存在だ。

……まさか、このガキ。

ひとり暮らしの俺が金を溜め込んでいると踏んで、童貞なら扱いやすいだろうと、狙い澄ましてタカりにきた……とか？

その辺り、探りを入れてみるか。

「小遣いって。俺、そんなに金、持ってないぞ」

「えー？　ケッコンしてないんでしょ？　じゃあ余裕で金あるじゃん」

「代わりに固定資産税とか、税金一通り払ってんだ。家もガタがきてるしな。こないだなんか同じ時期に湯沸かし機と風呂釜が壊れて、修理だけで一ヶ月分の給料がほとんど持っていかれたんだぞ」

「えっうっそ、給料だって。おじさんマジでニートじゃなかったんだ」

「ニートだったら稼ぎがないだろ？　だとすると余計に、俺を金持ちに設定するのは無理がある」

「そこはほら！　親の遺産とかで！　ゴクツブシってそーゆーモンだって、ゆきねぇも言ってたし！」

「人の親を勝手に殺すな。まだピンピンしてるっての」

ませガキってのは、こういうものだとは思うけど。

とにかくこいつは、ゆき姉という情報源を信じすぎている。

その姉貴分も、相当男を舐めているんだろう。いつか痛い目に遭わないといいが、と他人ながらに思ってしまう。

「でさ。おじさん、あたしが今日も雑魚ちんぽからせーしヌイてあげるって言ったら、どれくらい出してくれる？」

きた。

おっぱいを見せつけるようにしながらの、値段交渉。

ただ、ガキの口から出てきた金額は、俺が想定していたものと桁一つ違っていた。

「そーだなー。セックスだったら五千円かな」

一瞬で、悟った。

こいつ自身は、パパ活は未経験だ。

「うっわなに、その目。わかった、マジでおじさん、お金ないんでしょ？　だったら今日は特別に、三千円でもいいよ♪」

「……美沙、お前さ。セックス三千円って、そんなに自分を安売りすんなって」

「えーなにー？　お説教ー？　ドーテーのくせにー？」

「いや、童貞イジリもいいけどさ。今みたいなパパ活がどうとか、俺以外に言うなよ。絶対にだぞ」

「なんで」

「なんでもだ。これだけは約束してくれ」

今日、わかったこと。

こいつはともかく、危なすぎる。

ませガキなのは身体だけで、心も知識もおっぱいに追いついていない。

「ぷっ、なになに、なんですかぁー？　一回おちんぽぴゅっぴゅさせたげたからって、自分がトクベツな人だと思ってるんですかぁー？　男の独占欲とか、みっともないんですケドぉー♪」

「言っとけ。忠告はしたからな」

「ふ、ふーん？　別にいいケド。じゃ、約束したら、おじさんあたしに三千円くれる？」

「まだ俺に小遣いせびる気かよ」

「だって、お金はお金で欲しいんだもーん。もちろんえっちなコトしたげるけどね。あたし、おじさんのちんぽいじめるの、けっこー好きになっちゃってるかもだし♥」

今、俺は俺という人間を、割と軽蔑している。

あるいは、童貞男独特の対応力のなさに、絶望している。

あれだけ正義漢ぶって、外でパパ活禁止とか言っておきながら、ちんぽが好きと囁かれた途端に下半身を反応させてしまっているんだから。

「……にひひ♥　ちんぽはやる気になってるし。てか、マジであたしにシャセーさせられたの、やみつきになってんじゃないの？」

上目遣いで俺の顔を覗き込みながら谷間を見せつけてくるのは、正直反則だ。

それに、近づいてきたこいつから、またお日様の香りと汗の匂いがブレンドされた、美沙独特のいい香りがしてくる。

本当に、こいつの体液は全部媚薬じゃないかと思うほど。

近づかれ、指で身体に触れられただけで、体温が一気に上がってしまう。

これではいけないと、視線を胸元から強引に引き剥がす。こいつの顔を見るのも危険だから、床の一点を見つめることにした。

ところが。

「ふーん？　おじさん、おっぱいじゃなくてもイケるんだ？」

「は？　なに言ってんだお前」

「こーゆーコトなんだケドねー。うりゃっ！」

いきなり、体当たりを食らう。

ソファーベッドに押し倒される格好になった俺。そして、さっき俺の足を踏み抜いた美沙のつま先が、今度は俺の股間を踏みつけてきた。

「にっひっひっひ〜♪　やっぱ効くんだ？　マゾちんぽって、足でゴシゴシされても気持ちよくなっちゃうんだ？」

文字通り、ズボンの上から荒っぽい仕草でゴシゴシと、ちんこが擦られる。

踏みつけてくる力は、なんとか潰されずに済んでいる、というレベル。ただ、竿の裏の筋張っている場所を勢いよく擦られているのが、非常に効いている。

正直、痛みより快感のほうが増している。

そして俺の反応は、見下ろしている美沙に筒抜けだ。

「うっわヘンタイだ〜、ドヘンタイがいる〜♪　踏まれてはぁはぁしちゃうなんて、ゼッッッタイフツーじゃないよねぇ♪　ねぇねぇおじさん、おじさんってドーテーのくせにヘンタイなの？　いじめられて喜んじゃってるの？　あぁ〜知ってるぅ〜あたし知ってますぅ〜！　そーゆーヘンタイさんって、マゾ豚って言うんですぅ〜！」

これに関しては、反論できない。

性的に興奮して、ちんこが更に硬さを増していっている以上、俺がなにをどう否定しても無駄だ。

マゾ豚。確かに俺は、その素養があるのかもしれない。

ただ、心の中で言い訳をするならば。

今の俺の状況は、客観的に見ても、屈辱より性的興奮のほうが大きい。性器を乱暴に扱われていること以外にも、エロいことがありすぎる。

特に、美沙に踏み抜かれているこの体勢。そこからくる、視覚的な情報。

キャミソールの裾からちらちらと見える、いわゆる南半球。下乳。あれに挟まれた昨日の記憶と感触がよみがえる。丸みを帯びた、どころではない大きさと張り。

胸のボリューム感とは対照的な、細い腰と小さなお尻。わざとだろうけど、ショートパンツをかなり緩めに着ているから、下手をすると太ももの付け根あたりから下着の生地が見え隠れしてしまう。

「にひひひっ♪　はいはーいおじさんしつもんしつもーん！　どうしてドーテーちゃんってぇー、人にはあーだこーだ説教するくせにぃー、あたしのコトやっらしー目つきで舐め回すように見るんですかぁー？」

「んな、舐め回すとか、してないから」

「してましたァー！　パンツ覗き込んでましたァー！　あたしがガキだからって、バレないとでも思ったの？　さっすがドーテーちゃん、浅はかですねぇー。エロい視線とかバレバレですから。秒でわかりますからぁー♪」

俺を言葉でなじるのと同時に、美沙の足が前後に動く。

ぞわぞわと背筋に走る禁断の快感が、俺の脳から理性を引きはがしにかかる。着衣巨乳おっぱいを下から見上げながら足コキしてもらえるなんて幸せ者だと、ガキ特有のふにふにした柔らかな足裏の感触を味わえるならそれでいいじゃないかと、性欲にまみれた考えが膨らんでいく。

確実にガードが緩んでいる。一度イかされたんだから二度も三度も変わらないだろうと考えてしまっている。本当に、童貞というヤツの思考パターンは単純なものだ。

「ねぇ、マゾ豚おじさん。見せたげよっか」

そして。

こいつは本当に、俺の思考の隙を攻めてくるのが、上手い。

「ガキのパンツ、見たいんでしょ？　ねぇ、マゾ豚ロリコンおじさん。パンツ見ながら足コキされるとか、天国っしょ？　ほらほら、マゾ豚ロリコンヘンタイおじさん。早く自分がヘンタイだって認めちゃいなよ♪」

「待て。矢継ぎ早に属性を追加するな」

「きししし♪　ホントのコトじゃん。追加してるんじゃないよ？　おじさんに真実ってヤツを教えたげてるだけだよ？　ほらほら、もっと踏んじゃうよ？　おじさんのヘンタイちんぽ、あたしの足でちょーきょーされちゃうよ？」

踏み抜く力が強くなる。

指先と土踏まずだけでなく、つま先でぐりぐりと竿を圧される。

と、その勢いで、美沙が重心を後ろに持っていく。

「ぐぁっ！」

かかとが、根元を襲った。玉をひねり潰されそうになった。

切ない吐息から一変して、１００パーセント痛みを表現した声が、喉の奥から出る。

「ぐ……そ、そこ、踏むな、マジで……」

「へ？　どしたの、マゾおじさん」

「ま、マゾとか、関係なしに……玉、潰されると、不能になるだろ……」

「フノウ？　なぁにそれ」

「精子作れなくなるんだよ。ちんこがちんこでなくなるんだよ」

「えっ？　あ、そゆコト？　あははは、そっか？　そっちのタマ、ダメなんだ？　ごめんごめん、エロ動画とかでタマ蹴ってるヤツがあったから、それもアリなんだなーと思ってたケド。違うんだ？　マジ蹴りしちゃダメなんだ？　ふーん？」

ガキならではの、無自覚な残虐性が怖い。

恐らくこいつは、企画モノの、玉潰しのＡＶなんかをチラ見したんだろうけど、あれはプロレスと同じで鍛えたヤツらのショーだ。実際にやられたら取り返しのつかないことになる。

「ま、おじさんからお小遣いもらうんだし、少しくらいは言うコト聞いたげよっかなー。んじゃぁさ、踏むのはナシで、こーゆーのはどうよ？」

つま先で、すりすりと撫でられる。

先程とは真逆の蠱惑的な感触に、思わず背筋がのけ反る。

「あは♪　これ結果オーライなんじゃね？　ほらほらおじさん、あたしの足がタマタマの扱い方覚えたよー？　ここってぇー、赤ちゃんみたいになでなでされるほうが好きなんだねー？　さっきはゴメンねー、おじさんが喜ぶようにしてあげられなくて♪」

ガキの足が、器用に動く。

玉を蹴られた痛みが、快感によって上書きされていく。

思わず、うぁ、と変な声を漏らしてしまう。いい気になったこいつは、ちんこをもてあそびつつ、なにかを企んだような笑みを浮かべた。

「そーだ。さっきタマタマ蹴っちゃったお詫びでさ、おっぱいとパンツ見せたげるね♪」

もちろん、このガキの狙いは、言葉とは真逆だ。

お詫びでもなんでもなく、俺を興奮させるために、ショートパンツの中央にある留め具を外してくる。

美沙の腰回りの締めつけが緩む。下腹部からパンツの生地がチラ見えする。お腹の周りの肌も見えて、へそのくぼみが鮮明になる。

俺の想像が、禁断の領域へと踏み込んでいく。このガキも、あのパンツの下にちんこが入る穴を持っているんだ、という、まかりならない発想。

「おじさん」

「うぁっ……？」

「あたし、脱いだからね。今度はおじさんの番だよ♪　ほらほら、ちんぽ見せて♪」

俺が服をはだけさせた少女に釘付けになったところで、追い打ちがかかる。

つり上がった美沙の瞳は、二つのことを言っている。言うとおりにしたら気持ちよくしてあげる。そうしなかったら、もうしてあげない。

少女に魅了されてしまった俺が取り得る選択肢は、もう、前者しかない。

まるで何かに操られたかのように、手がベルトを抜き、ファスナーを下ろし、そのままトランクスごとズボンを下ろす。

「あは♥　すっご、ガッチガチ♪　雑魚ちんぽガッチガチ♪　しかもなに？　先っぽからよだれ垂らしてる～♪　うっわヘンタイだ！　お漏らしヘンタイ雑魚ちんぽだぁ♪」

ざーこ、ざーこと連呼する美沙は、本当に楽しそうだ。

そして、困ったことに、俺のちんこは既に臨界寸前にまで昂ぶってしまっている。

「っ……素直に見せたら、足でしてくれるんだろ？」

大人の男としてのメンツより、その場の快楽を選ぶ俺。

ただ、このガキは、またしても俺の想像を超える行動に及んでくる。

「んふふふ～♪　あのねあのね、さっきこんなのをね、この部屋で見つけたんだけど」

「ん？　え、なんだそれ、ベビーオイルなんて持ち出して」

ベビーオイルは、肌荒れ防止のための、透明なオイルだ。赤ちゃんでなくても、耳の皮膚が弱い俺は、耳かきのときに綿棒に浸して使う。

「これを、こうして～……うりゃ♪」

美沙は手でボトルのポンプを乱暴に押して、オイルをぶちまけた。

狙いの中心は、亀頭だった。ひんやり、そしてねちょりという感触が、立て続けに先端を襲う。

「ちょ、どこでそんなの覚えてきたんだよ」

「いろんなトコから？　まーまー、細かいコトはいーからさ。雑魚ちんぽ、大変なコトになってるから、そっち注目したら？」

ねちょりという感触は、ローションの役目。ただでさえ刺激が強い足コキなのに、更に快感が跳ね上がる。

ちんこと土踏まずの間で、ローションがすぐに温められる。足の指先で亀頭をこねくられるたび、にちにち、ぐちぐちという卑猥な音が立ってくる。

「ぐ、う、うぁ、あっ……！　ま、待て、美沙、これっ……」

「だーめ♪　待ちませんー♪　だってぇ、雑魚ちんぽちゃん、ぬるぬるになってぇ、すっごい喜んでるからぁー♪　ぐにぐにされると、よわよわちんぽがもうダメ、出ちゃうーってぶるぶるしちゃうからぁー♪　だから足、止めてあげませーん♪」

ローションが竿全体に広がり、更にぬるぬるになったちんこを、小さくて柔らかい足の裏が絶えず撫で、つまみ、擦り上げてくる。

ただでさえむずむずしていた腰回りが、一気に震え上がる。

そして、俺の脳裏に浮かぶ、更なる禁断の想像。

『こいつの膣内も……エロくなったら、こんなにぬるぬるになるのかな』。

「っ！　だ、だめだ、出る……！　あ、ひ、ひぁあ！」

だめだった。

なにもかも、堪えきれなかった。

思春期のガキみたいな煩悩まみれの妄想が現実の快感と繋がって、一気に弾け飛んだ。

勢いよく噴き上がって、ぼたぼたと俺の腹に落ちてくる白濁液。

そんな無様な絶頂の様子を、美沙が見下ろしていた。

あどけなさの残る輪郭の顔が、妖艶な舌なめずりと満足そうな笑みをたたえていた。

そして、一言。

「くすくすっ。ざぁこ♪」

俺の腰が、ぶるぶるっと震え上がる。

その反動で、竿の中に残っていた残滓が、ぴゅる、と溢れた。

たった二日間の、出来事だった。

徹底的に打ち負かされた俺を見て満足したのか、美沙は自分で言っていた小遣いのことも忘れて、早々に帰っていった。

なんせ、俺は童貞だ。今までの人生経験をもってしても、経験値はゼロに等しい。

あのませガキは、全てがアンバランスで、ギャップが激しい。

成熟したといっていいおっぱいを持っているくせに、身体にまとっている香りは石けんとお日様の香り、そしてほんのりと彼女自身の汗の匂い。

あどけなさの残る瞳と、艶めかしい愛撫。

姉のような存在に偏った知識を植え付けられ、エロい行為で俺を釣り上げ、屈服させようとするくせに、金銭感覚はガキそのもの。

九割九分サキュバスのくせに、残りの一分で年相応の少女っぽい側面を出してくる。そのギャップが小悪魔的とも言えるし、危ういバランスが俺の興奮に繋がっているのも確かだ。

俺の理性は、まだ残っているだろうか。

俺の本心は、どこにあるんだろうか。

社会的に終わる前に、この危険な関係を断ち切ったほうがいいのは重々承知だ。けど、今ここで美沙を拒絶すると、リビングを使わせる約束を反故にすることになる。

そうなれば、性的な行為を行ったことを吹聴される心配もあった。

完全になかったことにするのは、無理がある。

だとするならば、あいつの機嫌を損ねないようにしつつ、大人として諭していくのが現実的だとは思う。

もう一度、二つの方向性について、頭の中で整理する。

このまま、マゾヒスティックな快感に溺れて、美沙の機嫌を取るか。

もしくは……いい加減、わからせてやって、逆に美沙を快楽で懐柔するか。

男として理想なのは、『わからせる』方向だ。

堕落したマゾ豚路線もアリっちゃアリだけど、今日の流れでわかってしまった。本気でマゾになると、思考能力がガタ落ちすることが実証されてしまった。

危険極まりない状態に陥る前に。

極力『わからせる』方向でいこう。

明日からは、主導権を奪う機をうかがうことにしよう。

――『6月17日』。

『はじめて、ナマの射精を見た日』。

近所の、ちょっとうわさになってた家に侵入してみた。

変なおじさんがいた。仕事してるってゆーけど、すっごいニートっぽかった。

男の人は、ちょっとえっちなコトしてあげれば言いなりになるって、ゆきねぇが言ってたけど……アレ、ホントだったっぽい。

元々、えっちなコト、興味あったし。

実験で、おっぱいでちんぽ挟んであげたら、おじさんヤバい声出して、マジでエロ動画みたいにアンアンあえいで射精しちゃったんだよね。

アレ、ヤバい。

達成感、マジであった。白いのびゅるるる～って出てきたとき、ぞくぞくした。

あのおじさん、ニートだけど、きったないクソデブじゃなかったし。ちんぽ触るの、あんま抵抗ないから、もっかい射精させろって言われても、フツーにできるかも。

もっとエロいコトしたら、どんな反応するんだろ。

てか、エロいコトさせてあげたら、あたしの言うコトなんでも聞くんじゃ？

えへへ。なんか、楽しみになってきた。こんなわくわくするの、はじめてかも。

――『6月18日』。

『足コキとか、マジで楽しい』。

おじさん、ヤバい。

あいつが好きなの、おっぱいだけじゃなかった。

足で踏まれて射精するとか、マジでヤバい。あのちんぽ、マジモンの雑魚。

でも、ちょっとあせった。玉けっちゃったとき、あ、やべ、って思った。

ゆきねぇ言ってたもんね。マジで傷害事件（漢字合ってる?）とか起こすと、エロで言いなりにさせてたヤツもいきなり冷めて、反撃して訴えるーとか言い始めるって。

そーなるとめんどいから、そのあと、ちんぽいーこいーこしてやったけどね。赤ちゃんみたいに、いーこいーこ、なでなでーって。

ま、なでなでしてたの、足なんだけどねw
つか、マジでちょっとエロいコトするだけで、あいつん家のリビング使ってよくなったし、得することばっか。

やさしーくいじめてあげたら、あいつも雑魚ちんぽ震えさせながら本気でよがって喜んでたし。

今度もまた、お金欲しくなったら、雑魚ちんぽかわいがってやろっかな。

第二章 密かな攻防戦

美沙は、毎日のように家に来るようになった。

だいたい4時すぎに、雑草を踏む足音が庭先から聞こえてくる。

「よっス」

庭からリビングに通じる大きな窓を開けてやると、軽装のませガキが短く挨拶をして、一切悪びれた様子を見せずに入ってくる。

冷蔵庫を開けて、飲み物を物色して、今日は炭酸の気分なんですケドー、なんでないんですかー的な理不尽な要求をしてくるまでがお約束。

その後、たいていこいつは、リビングでくつろいでいる。

有り体に言えば、くつろぐを通り越して、うだうだしている。

「美沙お前、宿題とかやらなくていいのかよ」

「んー、ガッコでだいたい済ませてきた」

「そんなの信じられるか」

「ホントだって。てか漢字の書き取りとかめんどいし。二、三回書いたら覚えんのに、マス全部埋めるまで書き続けさせるってなんのゴーモンだよって話だしさー」

少しだけど、日常的な会話も成り立つようになってきた。

変な話だけど、このワンシーンだけ切り取れば、在宅勤務のシングルファーザーとその娘、でも通じる。

ただ実際は、ただれた関係。

警官どころか、学校関係者にでも踏み込まれたら一発アウトのこの状況。

けど、ことのほかこいつの口は硬いらしく、周囲にバレた様子はない。あるいは彼女が周りから、美沙だからエロいことをしてるのは当たり前だよねー的に思われ、エロいことが問題になっても非常に軽く扱われているのかもしれないが。

俺のほうはというと、両親は田舎で絶賛スローライフ中のため、ほぼ連絡なし。弟も離れた場所に住んでいる。そんな家族とは週に何回かスマホのメッセージアプリで会話するくらいが関の山。

普段この家に訊ねてくるのは郵便と宅配便くらいのものだし、それも配達を午前中に指定しておけば、夕方の美沙とかち合うこともない。

だから、この家での行為が、外部に漏れることはない。

もちろん、俺がこのガキに懐柔されていることも、漏れていない。

「ねーおじさーん。今日は仕事の調子、どーよ」

ソファに寝っ転がったまま、美沙が聞いてくる。

驚いたことに、こいつはこいつなりに俺に気を遣っているらしい。

あの足コキ以来、問答無用で俺をマゾ豚扱いして、毎日のように奴隷扱いをしてくると思いきや、実際はそうでもなかった。

『おじさんってマジで仕事してんだよね？　なら、無理にぁたしに付き合ってくれなくていーよ。あたしのせいで仕事遅れてるーとか言われんのヤだし』。こいつにそう言われたのは、正直助かった。自分自身の稼ぎがかかっているから、仕事に穴を開けるわけにはいかなかったから。

いつもが傍若無人だからか、こういう風に少しでも殊勝な態度を取ると、こいつがやけに可愛く見えたりもする。

そして、多少でも俺に気を使っているということは、こいつなりに俺に心を開いてくれているのかな、とも思う。

こう考えると、まさに父と娘だ。

世間一般の父親は、こんな風に娘の言動に振り回されているんだろう。

そして、自分が娘にどう思われているかと、やきもきしているんだろう。

……で。

こいつは毎日のように、今日は仕事どうよ、と聞いてくる。

裏を返せば、仕事に余裕があるときは、こいつはイタズラを仕掛けてくる。

父と娘から、獲物のおじさんとませガキへ。この会話が、毎日の分岐点となる。

仕事が忙しいと言えば、簡単に引く。今日は大丈夫だと言えば、巨乳を最大活用して生意気に誘惑してくる。

誘惑の頻度としては、週に二回ほどか。

結果、俺はこのませガキに、手や足やおっぱいでちんこをしごかれながら、ざーこざーことののしられている。

ただ、そろそろ耐性がついてきた。

手でしごかれるとき、微妙にポイントをずらして強い快感から逃れる術を身につけた。おっぱいで挟まれても、無心になって射精欲を引かせることができるようになった。

両方とも長くは続かないものの、耐久性というパラメーターからすれば、ある程度は格好がつくちんこになったんじゃないだろうか。

なので、そろそろだ。

そろそろ、わからせるフェーズへと移行したい。

候補としては、フェラチオが挙げられる。それもイラマ気味の、多少強引なものだ。今までさんざん雑魚呼ばわりされてきたちんこを、このメスガキの口に叩き込む。唇をオナホ同然に使って、喉の奥に精液の味を染みこませる。

細い身体をぞんざいに扱うことに多少抵抗はあるものの、今までのことを考えれば、それくらいのことをしてもばちは当たらない。

「今日は仕事、余裕があるぞ」

なので、こちらからも餌を撒く。

「ふーん。じゃ、ちんぽいじめてあげよっか」

肩揉んであげる、くらいの軽いスキンシップのノリで、こいつが返してくる。

「何をくれる？」

「いつもと同じ」

「えー？　あたし欲しいものがあるんですけどぉー。いっつもしてあげてんだからさー、そろそろお小遣いでもいいんじゃない？　ねーねー、欲しいなー。ねぇねぇおじさーん。ニートじゃない稼ぎのあるしっかり者のおじさーん♪」

よし、食いついてきた。しかもいい具合にゴネてきた。

「別に、出してもいいけど。但しそのぶん、いつもよりエロいことを要求するぞ」

「おおー、なるほどー？　ま、それもそだよね。わかるわかる」

乗ってきたところで、フェラチオを提案。金を出すんだから応じろ、でなければ今日はなし、という流れでいけば……。

「んじゃあさ、あたしがしてあげっから。おじさんはあたしに任せてね？　なにもしちゃダメだかんね？」

「えっ、なんで。エロいことを要求するって言ったの、俺だけど」

「だいじょーぶ！　おじさんがやってほしいコト、あたしがぜーんぶしたげるからさ♪　それじゃ、ベッド行こ？　ねっ？」

「は？」

「ここじゃヤだし。おじさんがいつも寝てるベッドでしたいんだー♪」

……いつの間にか、このガキのペースになっていた。

しかも、ベッドへの案内までさせられた。

リビングのソファーベッドも仮眠を取るときに使うけど、寝室は別にある。

二階の、質素なベッドが置かれ、クローゼットがある東向きの角部屋。美沙は足を踏み入れると、ぐるりと周囲を見渡して、そして……。

「外から、見えないよね」

と、意味深に微笑みながら、問いかけてきた。

「ああ、まぁ、リビングの上だから、いい具合に伸びた庭の木で陰になってるし」

「じゃあさ、脱ご？」

「は？」

「一緒に脱ご、って言ってんだけど。あたしもおっぱい見せたげるから、おじさんもちんぽ出してよ」

パイズリをされるときと同じ要求。

が、どこか違う雰囲気。

身体の前で腕を交差させて、キャミソールをたくし上げる仕草に、一瞬ドキっとする。ゆっくりと自分の素肌を晒していく彼女が、いつもよりエロかったから。

おっぱいを隠していた生地が、少女の手によって肌から離れ、床に落ちていく。

圧倒的な二つの膨らみに見とれていると、ふいに美沙が身をよじった。

「あんまじろじろ見んな」

「え？　いまさら？」

「いまさらとかゆーな。てか、あたしにだって恥ずいって感情、あんだかんね」

「んな、真っ当な少女みたいなこと言って」

「おじさんだって、勃起ちんぽガン見されたら恥ずいっしょ。それとおんなじだし」

顔を赤らめて視線を逸らす美沙なんて、新鮮な光景だ。

そのまま美沙はベッドに腰掛けて、自分の腰からするりとパンツを抜き取る。

鼠径部を離れて、太ももを通り、膝裏をかすめ、足首へと落ちていく小さな布地。その光景を彩るのが『じろじろ見んな』と俺に訴えかける視線。

あまり今まで体感することがなかった、こいつの少女の部分を発見した気分になって、ドキッとした。

「じゃ、するから」

一言そう吐き捨てて、美沙が俺を押し倒す。

フェラをさせるはずが、俺のほうが下になってしまう。

少し、焦った。俺という童貞が、ぎょっとした。

『するから』という響きが、何を意味するのか。足コキとかフェラとか、そういうプレイを飛び越えたものが、頭をよぎる。

そして、それが現実味を帯びてくる。

柔らかい土手が、離れようとしない。

それどころか、こいつは自分の中に亀頭を飲み込もうと、腰の位置を合わせてくる。

「っ！　ちょ、待て。それはやばいだろ」

「えっなんで。お小遣いもくれるんでしょ？」

「そういう話じゃなくて。まさか、マジのセックスしようとしてるんじゃないだろうな」

「マジのって、どーゆー意味？　てか言ったよね、あたしに任せてって。おじさんはなーんにもしなくていいんだよって」

「お前に任せてたから、やばいことになってるんだよ。わかるよな、それくらいは」

「だーかーらぁー、なにがヤバいのさ。てかおじさんのちんぽのほうがヤバいよ？　あたしのおまんことキスした途端、ビキビキ～ってめっちゃ硬くなったし♪」

理性が遠く及ばないところで、俺のちんこが反応してしまう。

こいつとエロい行為に及ぶときは、いつもこうだ。

美沙は俺の上にまたがって、完全に騎乗位の体勢になっている。

俺の上で細い腰がうごめく。土手の感触が、亀頭だけでなく竿にまで広がっていく。

「あは♪　もう、ちんぽヤる気マンマンだよ？　雑魚ちんぽのくせに、あたしのおまんこに甘えてる♪　気持ちよくなりたいーって言ってるのかな？　それともぉ、ちっちゃいキツキツのまんこでイジめてほしい～って、欲情しちゃってるのかなぁ？」

素股の要領で、擦られ、圧されていく。

足コキすらはねのけられなかった俺が、この快感を否定することなんてできない。

ふよふよとした土手の感覚が逆に蠱惑的だし、腰を動かすたびに揺れるおっぱいも俺を視覚から追い詰める。

欲情しているのは、確かだ。この快感を突き詰めたいと思っているのも否めない。

ただ、オーラルセックスと、性器同士が交わる本番とでは、やっぱり意味が違う。

「美沙」

「んー？」

「それ以上はやめとけ。そのまま、擦ってくれればいいから」

やんわりと、素股プレイを提案してみる。

「やだ」

「やだって」

「やだ。する。おじさんのちんぽ、もっとイジめてあげたいもん」

セックスまで突入する勢いの美沙。踏みとどまらせたい俺。

ただ、ちょうどそのとき、にちゅりという小さな音が、股間から聞こえてきてしまう。

それは、粘り気を持つ液体が、ローションの役目をした音。

まだ俺の鈴口からは、先走りは染み出ていない。ということは、この水音の正体は美沙から漏れ溢れてきたものということになる。

美沙も、感じている？

美沙のおまんこも、ちんぽを飲み込む準備をしている？

「……ほら。あたしのおまんこ、雑魚ちんぽをイジめる用意、できてるよ♥」

タイミングのいい、囁き。

ませガキの、ませガキらしからぬ、妖艶な笑み。

心の中が、小悪魔に感化されていく。こいつが望んでいるならいいじゃないかと、俺の理性を崩しにかかる。

そして。

俺が快感に負け、身動きが取れなくなったところを見計らって、美沙がふわりと腰を浮かせつつ、竿の根元を持って亀頭と膣口を重ねていく。

「ふふ♪　おじさん、ドーテー卒業、おめでとー、だね♪」

「っ……美沙……」

「あはははっ、いいなぁその顔。ホントはダメなのに、快感と誘惑にかなわなくてどーしよーもなくなっちゃう顔。おじさんほど負け顔が似合う男の人、いないと思うよー？」

埋もれていく。入っていく。

美沙が腰に力を入れ、小さなお尻を落としてくる。

「雑魚ちんぽ、あたしのおまんこに、負けちゃえ♪」

そう、囁いて。

透明な蜜で溢れた穴が、一気にちんこを飲み込んでいく。

「っ！　く、くぁあ！」

最初に射精させられたときと同じような、情けない声が出た。

それくらい、衝撃的だった。

実際のセックスは、計り知れない快感を俺にもたらした。

挿入しただけで、出そうになる。三こすり半っていう数字が突然現実的なものに思えて

くる。女の子の体温がダイレクトに伝わってくるのがヤバい。小さな穴に、ちんこ全体が包まれている感覚が気持ちよすぎる。指ともオナホとも違う、ぬるついているのにカリ首や竿にきちんとざらざら感を伝えてくるひだひだの連なりなんて、反則級の心地よさだ。

本当に、秒でイキそうになる。

そんなことをしてしまうと、一生コイツに雑魚呼ばわりされて、そのレッテルは絶対に剥がせなくなる、と思い、フルパワーで腰の周りの筋肉を引き絞り、ちんこの根元で疼く快感から意識を無理矢理引き剥がす。

「っぐ……うわ、きっつぅ……雑魚ちんぽのくせに、ナリはでっかくて立派……」

美沙は、苦悶の表情を浮かべていた。

それも当然だ。こいつは、おっぱい以外のサイズ感が小さすぎる。あんなに狭い穴でちんこを受け止めれば、圧迫感の一つくらい感じてしまう。

ただ、こういうときに痛い、苦しいだけでは終わらないのが、このませガキだ。

「……にひ♥　でもでもぉ、ちんぽがでっかいほど、おまんこに擦れちゃうよねぇ♥」

片目をつむり、キツそうな顔をしていても、こいつは俺を煽ることを止めない。むしろこいつ自身が感じている圧迫感を、俺を煽ることで意識を逸らして逃しているまである。

「ねぇねぇ、感想聞いていい？　てか聞きたいなー。やばいとかやめとけーとか言ってたセックスで、ガッツリ気持ちよくなっちゃってる気分ってどーなの？　やっぱまんこ最高

～とか思っちゃった？　それともカンケーなしに、ドーテー雑魚ちんぽがおまんこから抜け出せなくなっちゃった？」

「う……うぁ……はぁ、はぁ……」

「ほらほらぁ♪　はぁはぁじゃなくってー、今の気分どお？　ってあたしの質問にちゃぁんと答えてほしいんだよねー」

「どうって、そんなの当然……っ、うぅ！　くぁぅっ！」

このタイミングで、こいつは腰を前後に動かしてくる。

おまんこの中で、膣口を中心にちんこが揺らぐ。亀頭がお腹側の膣壁からお尻側の膣壁へとゆり動かされ、違う角度で触れ合い、擦られる。

その瞬間、性器同士が交わっている証拠として、お互いが繋がっている場所から、にちゅ、と湿った音が聞こえた。

「うっわー、マジで気持ちよさそー。おちんぽあたしに屈服しちゃってんじゃん。セックスがダメなんて見栄張ってウソ言ってました、美沙様のおまんこ最高ですぅ～！　って、もうとろっとろになっちゃってんじゃん」

「そんなこと、な……あ、あっ……！」

「だまれ♪　雑魚ちんぽのくせに♪　おっもしろ～い、ねぇねぇピストンするたんびにおちんぽ負けてってるんですケド♪　ぐちゅぐちゅされるのがたまらないんだよねぇ～。もう認めちゃえばいいじゃん、雑魚ちんぽでごめんなさいって言っちゃえばいーじゃん♪」

確かに、この童貞ちんこは雑魚中の雑魚だ。

パイズリで敗北の味を知った。足コキにも軽々と白旗を揚げた。そして今、ロリまんこに易々と搾り取られようとしている。

前後にうごめいていたはずの細い腰が、いつの間にか軽く上下にピストンするようになっていた。ぐちゅ、ぬちゅっという湿った音といっしょに、ぴたぴたと腰同士がぶつかる音が部屋に響くようになっている。

それと一緒に、俺の目の前でおっぱいが揺れる。形の良さはそのままに、小気味よいリズムでぷるんぷるんと震えていく。

「……♪　にひひっ。おじさん、特別サービスしたげるね」

美沙の手が、シーツを掴んでいた俺の手首を握り、おっぱいへと誘導していく。

導かれたのは、そのおっぱいだった。

手のひらに余るサイズ感が、ダイレクトに伝わってくる。その中心にある突起のこりこりとした感触が指先に伝わってくる。

小さなおまんこと、大きなおっぱい。

濡れているおまんこと、弾むおっぱい。

俺のモノを締めつけて止まないおまんこと、手のひらを押し返してくるおっぱい。

女の子の、女の子らしい、魅力的かつ性的な部分が、少女特有のみずみずしさを併せ持ちながら魅力たっぷりに俺を誘惑してくる。

それは、わずかに残っていた俺の理性が、粉々になって吹き飛んだ瞬間だった。

「っ、う、うぁ、だめだ、俺……！」

おっぱいを掴む手に、力がこもってしまう。

おまんこの締めつけを、ちんこの根元まで感じたくなり、腰を突き上げてしまう。

巨乳メスガキの巨乳メスガキたる部分を全身で受け止めてしまった俺。極まった快感が射精という形になって外に噴き上がっていく。

「ぐ、くぅう！　うぁっあぁあああああっ……！」

過去一で、情けない声だった。

小さな割れ目の、奥の奥目掛けて、俺は精を放っていた。

困ったことに、幼さの残る少女に男の欲を注ぐという背徳感までもが、絶頂の快感の中に含まれていた。

罪悪感の中に、圧倒的な気持ちよさが入り交じる。

「あは♪　シャセーしちゃった？　しちゃったねー♪　おまんこに降参しちゃったねー♪　あたしもわかっちゃった。雑魚ちんぽが嬉しそうにびゅっびゅーってしてんの。そんなにおっぱい触れたのが嬉しかった？　美沙ちゃんの巨乳に感動してイっちゃった？　うわうわうわ、雑魚なのちんぽだけじゃなかったよねぇコレ。おじさん自身がクッッッッソ雑魚だったたってヤツだよね～♪　きゃははははっ！」

なにも言い返せない。全てが事実すぎて、一言一言が心に刺さる。

また、わからせられてしまった。ひょっとして俺は、こいつに一生勝てないんじゃないかと思ってしまう。マゾの自分を引き出され、ちんこをおもちゃにされ、奴隷と化す……こいつが俺に飽きるまで、そう扱われてしまうのか、と。

ただ。

次の瞬間、そんな悲壮感が、別の感情で一気に吹き飛んだ。

「んっ……くぅ……！」

眉をひそめて、美沙が腰を浮かせる。

にぢゅりと、今日一番の大きく卑猥な音を立てて、ちんこが小さな穴から出る。

その、ぷっくりした土手を見た。

三種類の液体が、こびりついていた。

透明な、美沙の愛液。

俺が負けた証でもある、白濁とした子種の塊。

そして。

赤黒い……一筋の、血。

「……！　お前……美沙、お前、まさか」

しているときは、気づかなかった。

こいつが苦しそうなのは、サイズ感の違いが原因だと思い込んでいた。

けど、違う。実際はそうじゃない。

一筋の血は、こいつがはじめてだった証拠だ。

「あは♪　なーに、雑魚おじさん。どったの、そんなに慌てて」

「慌てるって。お前、処女だったのか」

「ん？　そだよ、だからなに？」

気づくと俺は、美沙の両肩を掴んでいた。

きゃっ、と短い声を上げて背筋を強張らせる美沙。そんな彼女に大声を張り上げてしまう俺。

「だからなに、じゃねぇ！　馬鹿野郎！」

「な、なに、どしたの。おじさんなんでムキになってんの」

「むきになるに決まってるだろ！　こんな雑な処女の捨て方して、間違ってると思わねーのか！」

俺ははじめて、こいつに生の感情をぶつけていた。

今までは、遠慮があった。ガキだからしょうがないと思っていた部分もある。

けど、今は違った。

こいつが傷ついた証を見てしまった今は、完全に違っていた。

「は？　そんな、雑とか言われる筋合いないし」

「雑だろーが！　こんなセックスが初めてでしたとか、自慢話にもならねーだろ。第一、他に付き合いたいヤツができたときにどうすんだよ。将来本気で男を好きになったとき、絶対に後悔するぞ？　あんなおっさんをからかうために処女捨てたって。絶対に好きなヤツとのセックスがはじめてのほうがよかったって！」

「うっわおじさん、なにその少女マンガの夢見てるヒロインみたいな考え方」

「夢だろーがなんだろーが、そっちが理想だってことくらいわかるだろ！」

初体験のことが、続く。

期せずして童貞を卒業してしまったのも、人生初の経験だけど。

それ以上に、俺は今まで生きてきた中で、こんなに声を張り上げたことはない。

人を怒ったこともない。叱ったこともない。

でも、なぜか、そうしなければいけないと思った。

美沙に、わかってほしかった。わからせないといけないと思った。

「わっかんない。なにそれ？　第一その処女まんこで気持ちよくなってよがってたの、おじさんじゃん。おじさんだってドーテー捨てられてよかったじゃん。マゾイキしてナカ出しも経験できてよかったじゃん」

「面白がって騎乗位で男を押さえつけて膣内出しさせるとか、冷静に考えたら正気の沙汰じゃねぇんだよ」

「あはは、あたしまだそういうのおっけーだし。だからなにそんなに心配してんのって話なんだけど」

そうだ。

俺は、心配なんだ。

この危なっかしいガキのことが、心配でたまらないんだ。

「とにかく、こんなパパ活みたいなことは止めろ。金輪際するんじゃねぇ」

「ホントにどーしたのさ、おじさん。あ、ひょっとしてヤキモチ？　まさかおじさん、ぁたしに彼氏扱いしてほしいワケ？　他の男とイチャイチャするのがヤだから、するなって言ってんの？　あは、マジでウケる。いるよねー一回セックスしただけで特別感出してくるヤツ。うっわだっさ。おじさんってドーテー卒業しても心はドーテーのまんまだわ」

「んじゃお前は、処女膜なくして大人になったつもりなのかよ」

「は？　おじさんに関係ないし」

「関係なくてもいい。少しでいい、ガキが大人ぶる前に、真面目に考えてくれ。なんで俺とセックスしたのか、セックスがどういう意味を持つのかって。とにかく、そのままのお前じゃ絶対にだめだ。そのノリで他の男を挑発してみろ、逆にボッコボコに犯されて人生終わるぞ」

「あたしの人生とか、それこそおじさんに関係ないじゃん」

「見たくねーんだよ！　お前が傷つくとこなんか！」

安いドラマみたいな台詞だった。

告白しているみたいだと、言ってから気づいた。

途端にばつが悪くなった俺は、それ以上声を張り上げることはできなくなった。

美沙も、俺とは目を合わせず、放してと短く言って、俺の手を振りほどく。

気まずい空気が流れる中、俺は、シャワーを浴びたいと要求する彼女を、風呂場に案内した。

結局、その後は一度も言葉を交わすことなく時が過ぎ、美沙は身なりを整え、帰っていった。


やってしまった。

破瓜の血を見た俺は、間違いなく正気を失っていた。

要らぬ正義感を出してしまい、これまた不要な正論で美沙を説き伏せようとした。

あの類の人種に、ただただ正面から正論をぶちかましても、決して通じないとわかっていたにも関わらず、だ。

俺と美沙が互いに初めてを経験した次の日、俺は気が気でなかった。

機嫌を損ねた美沙が俺たちの関係を周りに言いふらせばアウト。自分から吹聴して回らなくても、不機嫌なのを両親に問いただされでもしたら、これもアウトに近い。

なにかしらの覚悟が必要、と思って、仕事にも身が入らない一日を過ごす。

業務用のパソコンに向かっていても、あいつの動向が気になってしかたがない。と。

「よっス」

午後の4時。いつもの時間、何事もなかったかのようにあいつがリビングの窓から入ってきた。

冷蔵庫の中を漁り、ソファに深く座ってくつろぐ。

俺があっけにとられる中、本当にいつもどおり、放課後のひとときを俺の家で過ごしていた。

「って！　おい、美沙！」

「んー？」

「昨日の今日で、よく来れるな。てっきりもう来ないかと思ったぞ」

「んー、まぁね。でもここクーラー効いてるし、居心地いいし」

うつ伏せに寝っ転がり、クリスプタイプのチップスを口に咥えながら美沙が返事をしてくる。

言っていることは相変わらずわがままで、俺の都合は完全に無視している。けど今は正直、話が通じるだけありがたい。

会話が成り立つおかげで、こいつの対処法も見いだせる。

「美沙」

「んー？」

「今日、身体は平気だったか？」

普通に接することができている、そんな喜びがあった。

その喜びを経て、さりげなく心配してみる。

が。

「……うっわ」

明らかなジト目が飛んできた。

蔑むような視線は、ある意味、こいつの通常運転の証でもある。

「おじさんさ、言いたいことはわかるケド、もうちょい言葉選ぼうよ。ホンット、あんなド派手に膣内出しキメたくせに、心はまだまだ雑魚ドーテーだよね。あ、そだ、今度からおじさんのコト、精神的ドーテーって呼ぶね。割と的確っしょコレ」

「……本当にお前ってヤツは、一言言えば数倍になって返ってくるよな」

「別に。数倍にして返されるおじさんが隙だらけなんだろって話ー」

まぁ、精神的に童貞なことは否定しない。

一回のセックスで劇的に人間が変わったりはしないだろう。もしそんな変化があるとしたら、そいつがセックスをするまでひどく薄っぺらい人生を歩んできたか、あるいはそのセックスが一生ものの幸せな、あるいは不幸なセックスだったときくらいだ。

昨日のアレを、こいつにとって不幸なセックスにはしたくない……とは、思う。

ただ、そのためにどうすればいいかは、まだわからない。

……この辺りの思考パターンが、精神的童貞と言われるゆえんなのかもしれない。

と、なぜか美沙が、俺のほうをチラ見してきた。

何事かと目を合わせると、ふっと視線を逸らす。

そんな目と目のニアミスが、何度か続く。

俺をからかう前触れかと思いきや、そうでもない。ただ、時折俺を見つめてくるだけ。

「どうした。要求があるなら、受け付けるぞ」

「そんなんじゃないし」

「昨日、俺が怒鳴ったことを、割と根に持ってるとか」

い性格してないし」

「違うし。おじさんじゃないんだから、あんなへぼっちぃ説教一つで根に持つみたいな暗い性格してないし」

「悪かったな、根暗で。てかそんなにヘボかったか」

「まーね。言葉だけだったしね。いくら精神的ドーテーなおじさんが激甘に優しくってもさ、昨日の剣幕からすっと、ほっぺた張られるくらいは覚悟してたよ?」

何気ない一言が、俺に色々なことを想像させた。

美沙の周りで、割と強めの暴力が定常化しているのではないか、と。あるいは、怒られるイコール暴力という安易な図式が成り立っているのではないかと。

恐らくこの子は、叱られるときに、言葉で丁寧に説き伏せられた経験が少ないんだ。

これはこうだからだめですよと、理由込みで悪いことを悪いと教えられていないから、どうしても善悪の判断を置き去りにして自分の好き勝手にしてしまう。

……なんて、大学のときにかじった程度の、生半可な教育学を頼りに、こいつを分析してしまう。

もし、それが本当なら。

今からでも、きちんと筋道を立てて叱ってやるもよし。

あるいは、構(かま)い倒してやるのも一手だと思う。

言葉で叱られることがない家庭環境は、それだけ親子の会話がないのだから。

「そういやさ。おじさん、なんか昨日、すっごいコト言ってたよね。セックスの意味を考えろーとかさ」

「ん？　ああ、まぁ確かに、そんなこと言ったかな」

「てか、ね？　セックスの意味ってナニ？　そんな、セックスって種類あんの？」

　美沙のほうから仕掛けてきたようにも思える、この会話。

　俺をからかっているのか、あるいは誘っているのか。

「あっゴメン。精神的ドーテーおじさんに、セックスってなに？　とか聞くの、野暮だったよね。そんなの知るはずないもんね♪」

「……あのな、童貞云々関係なしに、そんなに大人をからかうもんじゃないぞ。少なくともお前より、知識は豊富なんだからな」

「ぷっ、あははっ。知識なんか頼りになんないじゃん。現実のセックスじゃ、あたしにイカされまくってるんだから♪」

「それは、俺がどうこうする前に、いつもお前が俺を押し倒してるからだろ」

「へーぇ？　じゃあさ、もしあたしが好きにしていいよーって言ったら、あたしのコト、イかせたりできんの？」

　いつものように、挑発してくる。

　普段ならあたふたして、墓穴を掘るところだろうけど、今日のこの状況は、俺にとって渡りに船だった。俺がリードする形で、セックスしたかったからだ。

よわよわな俺だけど、男としてのプライドのかけらくらいは持っている。いつまでもイカされ続けているわけにはいかない。

それに、処女だったこいつに、次は優しく接してやりたいという気持ちもあった。

総合して、言うならば。

こいつに、愛情のあるセックスを教えてやりたい。

「わかった。じゃ、昨日と同じように、ベッドに行こうか」

「へっ？　えっ、あれっ、おじさんヤる気なんだ？」

「誘ったのは、お前だからな。誠意を込めて抱かせてもらう」

美沙が、ソファの上で半身を起こす。

俺はその場にしゃがみ込んで、そのままふわりと彼女を抱きしめる。

「……っ！　ちょ、わ、わわっ！」

美沙が、慌てる。

俺の腕の中で、じたばたともがく。

「どうした？　俺はただ、抱きしめてるだけだぞ？」

「ただ、って。めっちゃ強くハグしてくんじゃん。あ、わかった。おっぱいむぎゅってしたかったから、抱きしめてきたんだ」

「まぁ、それも目的の一つだけどな」

美沙の顔に、俺の顔を寄せていく。

「本当の狙いは、こっちだよ」

開けば人を小馬鹿にしてくる、その小さな唇。

そこにそっと、俺の唇を添えて、押しつける。

「んぅ？　ふ、ん、んぅぅ？　んむぅ！　ふぐっ、んむぅぅぅぅ〜〜〜っ！」

また、美沙が慌てる。

目をぱちくりとしばたたかせて、じたばたともがく。

構わず俺は、小さな唇を奪う。

押しつけた自分の唇で、軽く吸いつく。強弱をつけて、ついばむように。

「ふぅ、んぅぅ……！　くふ、ふぅ、ん、ふぁ！　はっ、はぁっ……」

もがく少女を強く強く抱きしめながら、キス。

ひたすらに、キス。

ちろりと唇を舐めると、美沙が目を見開く。

「舌、入れるぞ」

「ちょ、ふ、んぅ！　んぅ、くむぅうっ！」

動揺する少女の唇を、舌先でこじ開ける。

そのまま、小さく赤い舌の表面をぺろりと舐める。

ふたりの唾液が交わる瞬間。キスがもっともっと濃密になっていく。

「ん、くぅ……ふっ、ふむぅ……ん、ん、んっ……」

抵抗する力が、僅かに弱まる。

そのぶんだけ、舌同士が触れ合い、互いを愛撫していく。

頬にかかる吐息が、熱い。

「っふぁ……！　はぁ、はぁ……うぁ……」

数十秒か、数分か。

思う存分キスをした後の美沙は、息を弾ませ、とろんとした瞳を俺に見せていた。

「なんだ。キス、はじめてだったのか」

「っ！　う、うっさいな。トーゼンでしょ、あたし昨日まで処女だったんだし」

「ちなみに俺は、学生の頃に経験がある」

「自慢になんないし。てか何年前よ。つーか何十年前よ」

「そのときの思い出より、お前の唇のほうが甘いけどな」

「は？　なに言ってんの？　意味わかんないですけど……っ」

率直な感想だった。

包み隠さず、自分の感情をぶつけたほうが、きっとこのガキには効く。

実際、効果はあるようで、唇が甘いと評された美沙は、ほんのりと頬を赤く染めて視線を逸らした。

童貞だの年齢差だの、そんなことを取りつくろおうとするから、ボロが出る。つけいる隙を与えてしまう。

だから。

精神的童貞野郎の意地として。

長年妄想してきた、理想的なセックスってヤツを目指して。

俺の欲をぶつけて、ひたすら構い倒して。

今日は、全力でこいつを抱いてやろうと思う。

「部屋、行くぞ」

「うぇ？　きゃんっ！」

膝の裏に手を回して、美沙の身体を九十度回転させる。

お姫様抱っこをして、リビングを出て、階段を上がる。

放せとかやめろとか聞こえてきたけど、あえて無視。

全力で抱くと決めたんだ。美沙がどんなメスガキだろうと、今日はこいつを俺なりに女性として扱ってやる。

これが俺なりの、ガキの『わからせかた』だ。

寝室に入り、遮光カーテンを閉めると、ベッドに優しく押し倒して、もう一度甘いキス。

「脱がすぞ」

短くそう告げて、キャミソールをたくし上げる。

まろび出たおっぱいはいつも通りの大きさで、俺を誘惑してやまない。そんなおっぱいに右手を添え、もう片方のおっぱいに顔を寄せていく。

先端に、キス。

美沙が、恥ずかしそうに身をよじる。

「んっ……！　ちょ、なにしてんの」

「大きなおっぱいを、可愛がってる」

「じゃなくて、それ！　乳首吸うとか、赤ちゃんみたいなコトしてっ……ひ、ひゃぅ！」

思った以上に初々しい反応が、返ってくる。

なし崩し的に性器同士を交わらせただけの、昨日のセックスとは違う。

今日の目的は、こいつをイかせること。だから、順序立てて念入りに、身体の準備を整えていく。

「ふ、んっ……んく、くふぅっ……」

くぐもった声が、細い喉から漏れる。

ある程度は、俺の愛撫で快感を得ていることの証だ。

いい気になった俺は、乳首を含んでいる口の中で、ほんの少し愛撫を強めにする。吸いついたり、くすぐったり、乳首の形をなぞるように舐めたり、唇をクッションにして甘噛みしたり。

もう片方の乳房を揉んでいる手も、指先の動きに変化を持たせる。乳首を挟んだり、指の腹で押し込んだり、とにかく飽きさせないことを心掛け、愛撫を進めていく。

「っ、んぅ、はぁ、はぁ……ふぁ、あっ！　ちょ、待って。おじさん待って」

「ん、どうした？」

「割と今、あたし驚いてんですケド。ドーテーのくせに、めっちゃエロいおっぱいのいじり方してくるし。セックスの経験ないくせに、ナマイキなんですケドっ……」

「ああ、そういうことか。言っただろ、知識は豊富だって。俺が童貞だったのは、単に今まで実践する場がなかっただけの話だ」

「うっわ言い訳してるし。てか実践がどうとか説得力ないし」

「説得力があるかどうかは、これから証明してみせるさ」

おっぱいに吸いつきながら、指を下腹部へと滑らせる。

腰回りのラインやおへそのくぼみをなぞりつつ、ショートパンツのホックを外し、パンツの上から美沙の大事なところへと指を潜ませていく。

「……あのさ、美沙」

「な、なに」

「今日はお前、どんだけマウント取ろうとしても、もうだめだぞ。触る前から、おまんここんなに濡らしてるんだから」

「バカ。ぼうえいほんのーってヤツよ、それ。犯されるかもしれないってわかったら、女の子は気持ちいいとかカンケーなく濡れてくるんだし」

「よく知ってるな、そんなこと」

「ゆきねぇが、そう言ってたし」

またそのゆきねぇって子の、偏った入れ知恵か。

でもそれは、知識上のこと。実際に肌を紅潮させている美沙には通じない。

「じゃあ、俺に触られても気持ちよくなってないんだ？」

「トーゼンっしょ」

「わかった。なら、もっと頑張ってみる」

美沙に軽く足を開かせて、その間に頭を割り込ませる。

太ももを両手で抱きかかえつつ、パンツの上からスリットにキス。

「ひゃぅ！　う、うわ、ちょ、なにしてんの」

「なにって、おまんこにキス。パンツの上からだけど」

「ば、バカ！　ヘンタイ！　そんなトコに口つけるとか！」

「散々、お前に変態呼ばわりされてきたからな。いまさらそんな罵倒、ミリも効かない。それに、性器にキスしたのはお前のほうが先だから」

「あれは、おっぱいで挟んでからの流れだったし」

「じゃあこれも流れだ。美沙を気持ちよくするためのな」

はじめてこいつの唇を奪ったときと同じで、じたばたと暴れる美沙の抵抗も、根気よくキスをしていけば次第に弱まっていく。

その代わりに増えてきたのが、愛液の量だ。

スリットをなぞるように舌を動かすと。

そして、硬くしこって主張してきたクリトリスに、軽く吸いつくと。

どんどん、美沙の味が濃くなっていく。

どんどん、美沙の匂いが濃くなっていく。

「んぅ、ふ、ふぁぅっ……はぁ、はぁ、はぁっ……」

くったりとなって、両手両足をベッドに投げ出してしまっている。

一方的に責められれば、こうなってしまうんだろう。

俺が精神的童貞なら、こいつだって精神的処女だ。

まだ本気のセックスを知らない、ただのませガキだ。

わからせてやりたい。

もっと。もっと。

快楽に染まった美沙を見たい。

そして、美沙といっしょに気持ちよくなりたい。

「そろそろ、いいよな」

力の抜けた足から、パンツを抜き取る。

返す刀で俺も服を脱ぎ、いきり立ったちんこを土手にあてがう。

にぢゅ、と音を立てて、美沙の入口が薄く開く。おまんこの中の熱が漏れ、熱気が亀頭にまとわりついてくる。

「入れるぞ」

「……う、うん……」

「なんだ、怖いのか」

「は？　そんなことないし。雑魚ちんぽ、おまんこで咥え込むのとか、よゆーだし」

「じゃあ、その余裕がどこまでもつか、俺に見せてくれ」

腰を、前に進める。

ぐっ、という手応えと共に、先端が美沙の膣内に埋まる。

そのまま、もっと前へ。一気に奥へ。

「んぅ……！　くぅ、ひ、ひぁぅっ……！」

明確な手応え。他のなにものにも代えがたい挿入感。してはいけないことだと拒絶した昨日のセックスとはまるで違う。

よくよく考えると、こいつがこんなに素直に、俺に抱かれるというのも不思議な話だ。頃合いを見計らって小悪魔モードになり、調子に乗った俺を、小さなおまんこで搾り取るつもりか。

あるいは……いくらかでも俺という男を信頼して、大人しくしてくれているのか。

後者だったらありがたいし、嬉しい話でもある。

「うぁ……こ、こら、ヘンタイ……ちっちゃいまんこに、雑魚ちんぽぶち込めたからって、そんな嬉しそうに、にやけてんじゃないわよっ……」

「お？　にやけてたか、俺？」

「うん、めっちゃにやけてた。鏡あったらおじさんに見せてやりたいレベル」

「そうかー。じゃあ俺も、美沙に今の美沙の表情、見せてやりたいね」

「えっ」

「早漏雑魚とはいえ、でかいちんこでやられといて、全然苦しそうじゃないんだもんな。むしろちんこ入れられて感じてるまであるレベルだし」

「そ、そんなことないし。雑魚ちんぽで気持ちよくなるとか、あり得ないし」

今までの愛撫に、確かな手応えがある。これなら大丈夫という確信がある。

だから俺は、美沙に対して、一番強く出た。

「そのあり得ない、覆してやるよ」

そっと腰を引き寄せ、緩やかなピストンを開始する。

擦り上げるでもなく、突き抉るでもなく、カリ首でひだを一枚ずつ撫でるような、慎重な抽送を繰り返していく。

「んっ……！　ひぁ……あっ……ふ、ん、んぅ、くぅうんっ……！」

見た目も派手さはまったくない。腰と腰を擦り合わせているだけ。

まだまだセックスに慣れていないふたりの性器を、お互を確かめるように交わらせていく段階。

初々しいまんこを、大の大人のちんこで串刺しにしているんだから、普通ならこうする。

昨日みたいに、AVみたいなガッツリしたピストンをいきなりしても、お互いの苦痛が増すだけだ。

「っ、んんぅ……なに、これ……ドーテーちんぽのくせに、生意気っ……」

「慣れたら、少しずつ本格的にしてやるよ」

「うぅ、なんかムカつく……！　雑魚ちんぽのくせに余裕ぶって、ドーテーのくせに大人ぶって！」

「今まで、美沙っていうメスガキにやられ放題だったからな。今日こそは、やられた分を

やり返させてもらう」

そう宣言して、胸に手を伸ばす。

微弱なピストンでもふるふると震える膨らみを、やんわりと揉みしだいていく。

「ちょ、それ……さっきも、されたけど……んんっ……やっぱその指、反則っ……こ、こら、だめだってば、やめろ、揉むのやめろってばぁっ！」

「なんで」

「なんでって。わかるっしょ、それくらい」

「詳しく言ってくれないと、伝わらないことがあるだろ？」

「ぐ……！　ムカつく、こいつムカつくっ、ドーテーのくせに！　浩一のくせに！」

顔を真っ赤にして怒ってはいるものの、俺の手から逃れようとはしない美沙。

時折むずがゆそうに腰をよじったり、歯を食いしばったりするのがいじらしい。俺の推察が間違っていなければ、これは美沙自身が感じている証拠だ。

「あぅ、ふぅ、ん、んっ……だから、胸……そんなに、揉むなっ……腰揺さぶるのといっしょに、おっぱいめちゃくちゃにするの、ダメだって……」

「そんなに胸をいじられるのが嫌なら、今度はこっちだ」

「うぇっ？　あ、ん、んむぅっ！」

前傾姿勢を取って、美沙の唇を奪う。

体重を掛けないように、肘をベッドにつきながら、ゆるゆると腰を動かしつつ舌で口腔をかき回す。

「ふぅ、ん、く、くぅう……！　んむ、んく、ちゅ、ちゅぷ……」

俺の舌を押し返そうとしているのか、それとも俺の愛撫を受け入れ始めたのか、美沙の舌も少しずつうごめいていく。

唾液を交換するレベルで、いつまでも唇を離さず、愛液が膣奥からにじんできたのを確認しつつ、ピストンの幅を徐々に大きくしていく。

「んふ、ふぁふ……うぅ……んぁ、あっ……あ、あ、あ、あっ……！」

キスの合間の喘ぎ声が、抑えきれなくなってくる。

しおらしくなった美沙を改めて見ると……正直、可愛い、という感情が一番にくる。

正真正銘、美沙という少女に、俺は見とれている。こんなにロリコンだったかと、自分自身に驚いてしまうくらいに、彼女に興奮をしてしまっている。

「ちょ、キスまで、してくるなんて……」

「セックスの最中のキスは、女の子がしてほしい行為の上位にいつもきてるらしいぞ？」

「うっわ、このおじさん、ハウツーそのまんまぶっ込んできた……」

「昨日の美沙の騎乗位だって、受け売りだったんだろ。処女と童貞同士、その辺りはおあいこだよ」

そして、次。

おっぱい、唇ときて、愛撫の箇所を移す。

宙ぶらりんになった右足を抱え込んで、つま先を舌でぺろりと舐めあげる。

「ひぁぅっ？　ば、ばかぁっ、なにしてんのさ！」

「足の指を舐めてる。ここも可愛がりたいから」

「可愛がるとか、さらっとゆーな！　ヘンタイ！　このヘンタイっ！」

なんと言われようが、愛撫は続ける。

執拗に足の指先を舐め、指の間へと唇を寄せ、くすぐるように舌で刺激をしていく。

「はっ、ん、んぅ……くぅ……うぅぅっ、もしかして、コイツ……」

俺の狙いに、美沙も気づいたようだった。

「おじさん、マジモンのヘンタイだろっ……さっきからずーっと、あたしがおじさんのちんぽイジめたとこ、揉んだりキスしたりしてきてっ……！」

「お、わかったか。まぁ受け取っとけ。ほら、ちんこを気持ちよくしてくれたところには、お礼をしなきゃいけないだろ？」

「それお礼って言わない！　仕返しってゆーんだっ！」

自然と、自分の口角が吊り上がった。

そのときの俺は、悪だくみをするガキの顔をしていたに違いない。

「いじめられたほうは、その内容をしっかり覚えているもんだぞ？」

「う」

「それに加えて、大人ってのはしつこいんだ。計画を立てて実行するからな」

「うぐ」

「てことで、おまんこにもお礼をしなきゃだよな」

「えっ……？　うそ、これ以上……？　今もけっこー、ピストンしてんじゃん……」

「ピストンに集中してやるよ。童貞野郎が長年頭の中に溜め込んだ煩悩まみれの無駄知識を、全部美沙にたたき込んでやる」

前のめり気味になって、挿入を深くする。

そのまま、ピストンではなく、腰をゆっくりと回す。

「ひぅ……！　うぁ、ふ、ふぁあっ……ちょ、なにこれっ……ちんぽが、おまんこぐりぐりって押してくるぅっ……！」

「改めて、俺のちんこの形を、お前に覚えさせてるんだよ」

「うぁ、ちょ、発想がエロジジイだっ、ドヘンタイだっ」

「すごい勢いで俺をののしってるけど、その割には美沙のおまんこ、ぐちゅぐちゅっていやらしい音を立ててるぞ？」

「っ！　ば、ばかっ……こんな丁寧に、愛撫とかされてきたんだし……濡れてくるのがフツーってゆーか、そーなっちゃうのもしかたないっつーか……って！　ち、違う、違うから！　おじさんの雑魚ちんぽにめろめろになんてなってないから！」

「わかってる。これからめろめろになるんだろ？」

「ちーがーうー！　ばかばかばか、ドーテーばかちんぽ！」

「断言してやる。違わない。『わからせてやるから』覚悟しろ、美沙」

腰を回すと同時に、美沙の様子を観察していた。

俺が下から突き上げる角度、つまり美沙のお腹の裏っ側を膣内から刺激してやると、身悶え方がすごい。

だから、そこを重点的に小突いてやることにする。美沙のおまんこが壊れないくらいには手加減するものの、ストロークは最大で、腰を叩きつける勢いで。

「ひ、ひぅ！　ふぁっ、あはぁあっ！」

本気の喘ぎが、部屋に響く。

美沙の憎まれ口とは裏腹に、快楽を素直に受け止めた膣道が、ちんこを奥へと呼び込んでくる。

「あ、あぅ、だめ、そんな奥にっ……おちんぽ、勢いよく、ごりごりってぇっ♥」

「……うわ、すっごい甘い声。美沙、そんな可愛い声出せるんだな」

「言うなぁっ！　てか、そんな感じてないし。雑魚ちんぽなんかに、簡単にイかせられるわけないしっ……！」

「簡単にイくわけないって、自分に言い聞かせてるんだろ、それ」

「ちがう、ちがう、ちがうっ……うぅ、なんでなんでぇっ、こんな、あたし、身体、言うこときかなくなってて っ……おまんこ、どーして開いてっちゃうの……？　てゆーかコレ、マジでヤバいっ……あ、あ、あ、あっ♥　おじさんだめっ、それだめぇっ♥」

俺も、ぞくぞくくる。

俺に組み伏せられた美沙が、見るからにイキそうになっている。

陰毛すら生えていない割れ目の奥で、愛液に濡れた土手が震え上がる。膣口がぎゅっと窄まって、ちんこを深く咥え込む。

あごを反らして、口を半開きにしたまま、美沙がひたすら甘く喘ぎ続ける。

「うぅ、んぅぅぅっ！　ひぅ、ふぁ、あはぁっ！　こ、こんな、雑魚ちんぽのくせにぃっ……ナマイキに、ずんずんって♥　ごりごりって♥　してきちゃってぇっ♥　あたしのおまんこ♥　イかせるために♥　必死でがんばっちゃってっ♥」

「イキたいんだろ。イっていいぞ」

「やだやだっ♥　あたし負けたくないもん♥　雑魚ちんぽに負けないもん♥」

既にろれつが怪しくなっている美沙。

言葉の端々にハートマークが散らかっていることに、本人は多分気づいていない。

「まぁ、負けじゃないだろ。俺も出そうになってるし」

「ほんとっ？　あは、雑魚ちんぽはやっぱり雑魚ちんぽだっ♥」

引き分けという落とし所を作ってやって、気兼ねなく絶頂できるようにしてやる。

俺としては、こいつのイキ顔を拝めるだけで、勝ったようなものだ。

それに、こんな小さなおまんこが絶頂したら、その締めつけでちんこがイかされるに決まっている。

「はっあっんぁっあぁあっ、あ、ぁ、あ、あ、あ、あ、あっ！　ぅ、ぅぁっ、なになに、雑魚ちんぽ、おっきくなって、膨らんでっ……♥　ちょ、まって、だめ、だめだったら、だめだめだめっ、今おまんこの奥ぐいーってされたら♥　あ、あぅ♥　ひぁぅっ♥」

そこから先は、俺も無言だった。

美沙をイかせるために、全力で腰を使っていたから、余裕なんてかけらもなかった。

ただ、絶頂に至るまでのこいつは、本当に心を奪われるほど綺麗で、淫らで、なおかつ最上級に可愛かった。

「だめっ……あ、あぅ、イっちゃ、ふ、ふぁ、あぁあああああああああッ♥」

小さなお尻が、跳ね上がる。

しなやかな腰が、がくがくと震え上がる。

ちんこの根元を甘く締めつける膣口が、射精をねだってくる。

最後に一突きして、亀頭を膣奥に届かせながら、俺も自らの欲望を吐き出す。

「きゃぅうっ……♥ あ、あは……♥ ちんぽも、イってるっ……びゅっびゅってして、あたしの膣内に、いっぱいっ……♥ えへへ、おあいこだぁ……♥」

おあいこ、という言葉どおり、俺も美沙も心地よい絶頂に身を投じた。

見方を変えれば、同時にイった理想的なセックスともいえる。

脱童貞して二回目で、こんなに充実したセックスができるなんて、割と感激だ。

「美沙」

ゆっくりと、ちんこを引き抜く。

そして、理想的なセックスを締めるために、ちょん、と唇を重ねる。

「可愛かったぞ。俺も気持ちよかった」

そして、囁く。

着飾っていない、誇張もしていない、俺の本心を。

と。

「…………っ！ 〜〜〜〜〜〜っ！」

美沙がいきなり、身をよじって俺の手の内から逃れた。

掛け布団をたぐり寄せて身体に巻き付けたこいつは、なんとも言えない表情で俺をにらんでいた。

顔から火が噴く、というのは、今の美沙のことを言うんだろう。

「ばか」

そして、憎まれ口がやってくる。

ただし、勢いはいつもの十分の一もない。その代わりに照れと羞恥心が言葉の上にてんこ盛りになっていた。

「このばか！　こんなセックスができるなんて聞いてないし！　てかドーテーのくせになんであんなコトできんの？　おじさん雑魚じゃなかったの？」

「雑魚でも雑魚なりに生きてんだよ。てか、お前のおまんこだって相当に敏感だろ。俺ごときの雑魚ちんこで、あんなにとろっとろの顔して、涙浮かべるくらい感じてて」

「〜〜〜〜〜〜っ！　言うなばか！　思い出させるなばかぁっ！」

やばい。こいつ、可愛い。

ばかと連呼しておきながら、じっと俺を見つめているのが可愛い。

あんなにでっかいおっぱいを持っておきながら、華奢なボディラインが可愛い。

……まぁ、今は冷静になっておこう。

こうしてセックスしてしまったんだし、美沙が俺に対してしている、パパ活もどきの件について、きちんと精算しておこう。

「で、今日はなにか欲しいか？」

「あたしが吹っかけたんだし。ま、おじさんがどーしてもなにかあげたいってゆーんだったら、受け取ってあげてもいいけど」

いつもなら、あんなに強引にしたんだから、吹っかけてきてもいい場面だ。

でも、こいつは何もいらないと言った。

美沙が求めたセックスは、金目的のものではなかった、と俺は判断した。

「わかった。じゃ、払わないでおく」

ここで妥協したら、せっかくいい雰囲気になったこいつとの関係が、逆戻りしてしまう。

美沙も、そう言った俺を、まんざらでもない表情で見つめていた。

相変わらず、口の悪いませガキと、童貞卒業したての冴えないおっさんのふたりだけど。

少し、ほんの少し、距離が縮まった気がした。

「また調子に乗るようなことを言ったら、『わからせて』やるからな」

「あは♥ そんときは逆に、おじさんのちんぽに『わからせて』あげるんだから♥」

なんとなしに、再戦を約束したような展開になって、ベッドの上での会話が終わった。

シャワー使うね、と、美沙が立ち上がる。

彼女が部屋を出ていくとき、ちょいちょいと手招きをされた。

「は？」

「いらない」

なんだろう、と俺も重い腰を上げ、近づいてみると。

「ん♥」

背伸びして、キスをされた。

不意をつかれた俺は、口を押さえ、半歩後ずさってしまう。

「あはは、おじさんも顔真っ赤♪　一回あたしをわからせたくらいじゃ、まだまだ精神的ドーテーのままっぽいね♪」

階段を下りていく足音は、嬉しそうでもあり、生意気でもあった。

でも。

構い倒して、全力でセックスをしたのは、間違いじゃないと思う。

あいつに対しては、大人の事情とかを極力抜きにして、素直に自分の感情をぶつけることが第一だ。

恐らく、きっと、美沙は。

あれくらいの年齢の子が、日常的に受け止めている愛情を、受けられずにいる。

そうでなければ、放課後にこんな素性の知れないおっさんの家に転がり込んで、身体まで使って構ってと要求してくることの説明がつかない。

家庭内の問題か、あるいは学校で先生と折り合いがついていないなど、理由は複数考えられる。

けど、まだ俺と美沙の仲は、そこまで突っ込んで聞くレベルには達していないように思える。

奇妙な縁だけど。

相手はあんな、ガキだけど。

童貞を卒業させてもらった恩もある。

これからも、構えるだけ構い倒してやろう。

そして。

あいつが望むなら、とことん『わからせて』やろう。


――『6月29日』。

『はじめてが、ふたつ』。

あいつのドーテーを、奪ってやった。

雑魚ちんぽを、セックスしていじめたら、どんな顔するんだろーって。軽い気持ちで、あいつの上にまたがって、ずどん、って。

割と、痛かった。すっごい痛かった。

最後のほうは、ちょっと気持ちよかったけど。おまんこぬるぬるになってたし。

ゆきねぇがしてたみたいに、あたしもしてみたんだけど。やっぱあたしが処女だったから、なんか違うのかな。

てか、あいつ。笑えるし。

なんで処女膜ブチ破ったくらいであんなに怒ってんのか、マジイミフ。しまいにはセックスの意味を考えろとか、すっげー説教してくるし。

雑魚ちんぽをかわいがってやったの、まちがいだったかなって。あいつあれで、ちょーしに乗ってんじゃないのかな。

あんな、真正面からガッツリ怒鳴られたことなんて、あたし、ないし。

ムカつく。

ムカつく。

なんで。

あいつの顔が、あいつの声が。

何回も何回も、あたしの頭ん中に浮かんでくるの。

そもそも、なんで。

あたし……あいつに、処女、あげたんだろ。

確かに、一理あるなーって思った。はじめては大切なときまで取っとけーって叱られたとき、あれっ、て。確かにそうだよな、って。

あのときは、ちんぽイジめてやろーって、そればっか思ってて。

それだけ、なんだけど。

なんか、わかんない。どうしよ。

もっかい、セックス、させてやろっかな。

てか、雑魚ちんぽのイかせ方が足りなかったのかも。

でも、あたしが騎乗位？　でしても、今日みたいになるだけだよね。あたしが痛くて、あいつが半端にイって終わり。それじゃダメだよね。

じゃあ……あいつをゆーわくして、あいつにさせるってのは、どうだろ？

してみる価値は、あるかもね。ふふっ。


──『6月30日』。

『わからされた？』。

昨日の日記、破り捨てたい。ビリッビリにしてやりたい。

ゆーわくしたら、ヤバいことになった。

あいつの雑魚ちんぽより先に、あたしのほうがイっちゃうなんて。

自分の騎乗位より、あいつにのし掛かられて腰振られたときのほうが気持ちよかった。オナニーでイったときとは全然違うイキ方、あいつにさせられた。

クリとか指でなでて、よくオナニーするけど、それでイくときは、ビリッてカンジ。

でも、あいつのちんぽにイかされたら、おまんこだけじゃなくって全身がぞくぞく、ぞわぞわ〜ってなっちゃって。

あたし、セックス舐めてた。

あんなになるなんて、思わなかった。

『わからせてやる』って、あいつは言ってたけど。

正直、そういうことなのかなって思った。

セックスのこととか、男の本気のこととか、あたし、わからされたのかも。

あいつ、本気であたしのコト、ぎゅってしてきた。

おちんぽ突っ込んできた後も、めっちゃ色々考えて、いろんなトコさわったり、ちんぽの動かし方を変えてきたりしてきた。

すげー、って思った。おじさんヤバい、って思った。

それに、わかってるし。

あいつ、雑魚ちんぽもイキそうだーとか言って、引き分け感出してたけど。

マジあたしの完敗だし。あたしのほうが雑魚まんこだったたし。

てか、マジのマジで、気持ちよかったたし。

あいつの本気……マジでわからされた、みたいな。

でも。

あいつにやられっぱなしなのは、負けたみたいでなんかヤだ。

てか今日負けただけだし。明日どうなるかはわからないし。

そうだ。キスしてきたり、お姫様抱っこしてきたり、おっぱいとか足とかべろべろなめてきたり、あいつにやらせっぱなしなのがいけないんだ。

セックスしても、あいつがちょーしこいて触ったり舐めたりしてきたときに、やり返せばいいんじゃや？

そうだ。次、あいつのちんぽにやり返してやろう。

今度はあたしが、おじさんに『わからせてやる』んだ。

第三章 くっつく気持ち

本当の意味で、脱・童貞をした日から、一週間が経った。

俺という男の本気を垣間見た美沙は、あれ以来明確にしおらしくなった。今までのように冷蔵庫を漁ることもなければ、我が物顔でリビングを使うこともない。玄関から家に入り、きちんと揃えて靴を脱ぎ、喉が渇いたときも、おじさんなにか飲み物もらっていい？と断りを入れてから冷蔵庫を開けるように……。

……なれば、よかったんだけど。

「よっス」

現実は、なぜか違っていた。

あいつのノリは、基本的に変わっていなかった。

可愛く俺にキスをしてきたあいつは幻だったんだろうかと疑ってしまうくらいには、変化というものがない。

庭からリビングに侵入する、まず一発目に無断で冷蔵庫を漁る、パントリーの駄菓子も食い散らかす、俺が注意しても知らん顔と、やりたい放題。

　喉元を過ぎて、熱さを完全に忘れてしまったんだろうか。

　あるいは、昨今のガキはこんなものなんだろうか。

　年齢のギャップが、そのまま思考パターンのギャップになりすぎていて、頭が追いついていかない。

「あのさーおじさーん。あたし炭酸系好きだってわかってるよねー。今日冷蔵庫になーんにもないんだけどー。今から買ってきてくんなーい？」

「馬鹿言うな、仕事中だぞ俺」

「えーいーじゃんけちー。てかまだまだぜんっぜんあたしのことわかってなーい。おじさんにはあたしをゴキゲンにさせる義務があると思うんですケドぉー、そこらへんどー思ってるんですかぁー？」

「……お前、昨日あんなに、エロい意味でご機嫌だったくせに」

「うっわおっさんくっさ。なにそれ発想がおっさん。おじさん超えてエロジジイのリョーイキ入ってんですケド自覚ある？」

「え、あ、ちょ」

「てかドーテー感丸出しなんですケドー。たまたま一回うまくいったからって彼女のコトぜーんぶわかった気になってるドーテームーブかまされてるんですケドー。マジでまぐれだったかもしれないのにさー。それで俺は完璧な彼氏ですーって顔されても困るんですケドぉー。てか笑える。精神的ドーテーすぎてマジ笑える。ぷぷぷっ」

……こいつ、下手すると前より口が悪くなってるんじゃないか。

さすがに今のは、ちょっとカチンときた。

「お前それ、まぐれじゃなかったときのこと考えてないだろ」

「は？　なにそれイミフ」

「だから、もう一回エロいことに突入したとするよな？　そのときお前が俺に、ガッツリイかせられたとしたら、今の発言がでっかいブーメランになって返ってくるぞ」

「はぁ？　このドーテーおじさん、できもしないコト言ってるし。おじさんのちんぽ、マジで雑魚ちんぽなんだから、ブーメランになるのそっちじゃん」

「その雑魚ちんこでイかされたの誰だよ」

「だーかーらぁー、一回くらいイかせたからって雑魚の雑魚が取れると思わないでくれますぅー？　足で踏まれてマジ射精しちゃった雑魚の経験、忘れちゃったんですかァー？」

「ぐ……言わせておけば、コイツ……」

「なにさ。もしか、襲うつもり？　いーよ、返り討ちにしたげる。きなよ」

ソファに寝っ転がっている美沙に、にじり寄る。

わかってないなら、もう一度わからせる。それが筋ってものだし、事実ここまで挑発されたら男として捨て置けない。

などと思いながら、急いで股間に意識を集中させ、勃起を促す。

目の届くところに、おっぱいがある。それだけで、血がたぎる要素になる。

「…………」

と、手を伸ばせばこのガキを押し倒せるところまで近づいたところで。

心の中で、なにかが引っかかった。

「やめとくわ」

「は？」

「だから、襲ったりはしないってこと」

表に出しかけた性欲が、すうっと収まっていく。

セックスの本来あるべき姿、などと表現すると絶妙に青臭いけど、昨日のアレはまさにそんな感じだった。それに比べ、襲うという表現はトゲがありすぎる。昨日の今日で、この温度差は少しきつい。

それに。

こっちのほうが、より心に引っかかった理由だけど。

無理して自分自身に勃起を促してする性行為が、不自然に思えた。

これは、夢物語ではあるけれど。もっと自然なやり取りで、身体を重ねたい。こいつとは、殺伐とした空気でないセックスを楽しみたい。

少なくとも俺にとって、こいつは打ち負かすべき存在ではないんだから。

じゃあなにかと問われれば。

可愛がってやりたい存在、と答えるだろう。

「俺、仕事に戻るから。リビングでゆっくりしてていいぞ」

「えっ、ちょ、おじさん？」

「定時過ぎたら、相手してやるから。それまで待っとけ」

リビングを出て、仕事部屋に向かう。

背中から、こら待てドーテー、逃げるなー、などと聞こえてきたけど、今は無視することにした。

時刻は午後の4時過ぎ。あと2時間弱、やるべきことをやる。

ただでさえ、この頃あいつの相手をさせられて業務が滞っている。この辺りで挽回しておかないと、後々面倒なことになりそうだ。

なので、今は仕事に集中。

外側から部屋のドアを叩く音がしたけど、悪いなー、仕事してっからーと適当に返事をしてごまかす。

最後に一回、ダンッと強烈な音がした。きっと、ドアが思いっきり蹴られた音だろう。

ドタドタとでっかい足音を立てて、美沙が階段を下りていく。不機嫌なのを悟ってもらおうと、あえて大きな音を出すなんて、ふてくされた子供みたいなことをする。

……いや、なんだかんだ言っても、あいつはまだガキか。

もし6時になって、俺の仕事が終わった後も帰っていなかったら、少しは優しくしてやるか。

そして。

2時間弱、根詰めてパソコンに向かい、仕事にめどを立たせたあと。

パソコンチェアの背もたれに体重を預け、んっ、と一つ伸びをして、立ち上がる。

リビングに降りようと、部屋の扉をあけたところ……。

「おっそいぞ、ドーテー」

美沙が、階段の踊り場で、待ち構えていた。

「こっち来て」

「は？」

「いいから来て。わからせてやるから」

俺の手を引き、向かった先は寝室だった。

「座って。てか座れ。んでズボン脱げ」

矢継ぎ早に命令される。なんだそれ、意味わかんねーぞと抵抗していると、突き飛ばされて強引に言うことを聞かされた。

完全に不機嫌まっしぐらなくそガキモード。

2時間ほど放置されていたのが、よっぽど気に食わないんだろう。エロいことで俺を屈服させようと、息巻いているのが丸わかりだ。

こうなると、こいつを説得してするのは無理だろう。

気の済むまで、いいようにやらせるか。

あるいは……頃合いを見て『わからせるか』だ。

「だから、意味わかんねーぞ。ズボン脱がせてどうする気だよ」

「決まってンじゃん。雑魚ちんぽにお前は雑魚だよって、もっかいわからせてやる」

どうやら、どっちが相手をわからせてやれるかの競争になってきた。

2時間前に、襲ってみれば？　と挑発されたときは、なんとか理性を保ってかわしたけど、そのとき以上に今の美沙はキレている。ここで再度はぐらかして、より機嫌を損ねられるのは、少しまずい気がした。

こいつのことだ。機嫌というパラメーターが一定値より下がれば、容赦なく俺との関係を周囲に言いふらすだろう。今までもそのパターンを危惧してきた。結果、何度もこいつの言いなりになってきた。

が、今は違う。経験が自信に繋がっている。そうやすやすとこいつの言いなりになんてならない。本気を出せばセックスでこいつをイかせることだってできるんだ、美沙のおまんこの弱点だって知っているんだぞと、ちんこが攻めの姿勢を取って……。

「ん、ちゅ、れろぉっ」

「っ！　く、くぅ！」

……その攻めの姿勢が、一瞬で崩れた。

美沙の小さな舌が鈴口を這った瞬間、背筋がぞくぞくと震え上がってしまった。

「……♥　あは♪　ほぉら、ざーこちーんぽ♪　おじさんのちんぽ、やっぱ雑魚だよね？　キスされただけでびくんってしちゃう、クッソよわなちんぽだよね？」

「っ……い、今のは、不意を突かれただけだから」

「じゃあ宣言してからやろっか？　ほーら、よわよわちんぽ、もっかいぺろぺろしたげるからねー、よわよわちんぽじゃないんならぁー、今度は喘いじゃだめだよぉー？」

ベッドの縁に座らされた俺。その足の間で、美沙が床にぺたんと座る。

見せつけるように小さな舌を伸ばして、空気にさらされた亀頭をれろりと舐めてくる。

「んく、くりゅ……ぺろ、れる、れろ、れろぉっ……」

竿の根元に、小さな指が回る。手のひらで包まれるようにして、ちんこの向きを固定される。

その上で、亀頭にキスをされる。唾液をまぶされ、舌の上で転がされた先端部分が、ジンジンと心地よい痺れに包まれていく。

「ちゅ、れぅ、ちゅくくっ……れるれるれる、ぬりゅっぬりゅっくりゅぅっ♪　ふふっ、どーしたの、おじさん？　あんなにあたしのコト、キョゼツしたくせに、こーやってベッドのうえでおちんぽにご奉仕ーとかされたら、一気に気持ちよくなっちゃって、快楽のいいなりになっちゃうの？」

「そんなこと、あるわけないだろ。言いなりになるレベルで気持ちよくなってないしな」

「あはは、そーだよねぇ、まだ咥えてあげてもないもんね。でもでもぉ、舐めてるだけでガチ勃起してるちんぽがぁ、あとどれだけガマンできるかってゆーとぉ、めちゃくちゃ怪しいよねぇー。もうおじさんの負け、決まっちゃってんじゃね？」

これは、今日もイカせ合いの勝負になってしまう気配がする。

フェラチオをされるのも気持ちがいいし、今の眺めだって胸の谷間がガッツリ見えるから最高だし、快感の面では言うことがないんだけど。

俺としては、どっちが先にイくかより、一緒にイキたい。

昨日がその理想形だっただけに、より強くそう感じてしまう。

「にひひひっ♪　おじさんも、わかってると思うケド。あたしちんぽ咥えるの、これがはじめてだから。初フェラの唇でイかされるとか、なっさけないコトしないよーに気をつけてねー？」

前置きをして、美沙が小さな口をめいっぱい開く。

そのまま、頭を落としてくる。鈴口からカリ首まで、先端部分が全て、口腔に吸い込まれていく。

「んむ……んぢゅる、ぢゅるぅっ……♪」

「っ！　ぐ……！　う、うぅ！」

小さくて薄い唇の奥で、舌がうごめく。

咥え込まれた状態で、鈴口をいたずらっぽくくすぐられる。

思わず、うめき声が出た。明確な喘ぎ声にならなかっただけ、まだマシだ。

目の前が一瞬真っ白になって、その後もちかちかと星が明滅する。想像以上の快感が襲ってきて、一気に頭の中にもやがかかる。

この感覚に、覚えがある。こいつの魅力にちんこががんじがらめになり、快感に負けて射精へと追いやられるときの感覚だ。

まずい。

理想のセックスがどうこうと、ごたくを並べている場合ではない。

目の前の快感と向き合わないと、一方的にされるパターンだ。

「んふ～♥　んれぅ、れりゅれりゅ、ぬりゅ、ちゅぷっぷちゅるぅっ……♥」

俺の中で理性が快感によって駆逐されつつあるのは、恐らくこのガキにもきっちりと伝わっている。

上目遣いのこいつの表情は、実に満足そうだ。

でも、それもしかたがない。

俺だって、こんな本格的なフェラははじめてだ。

おまんこの中とは違う密閉空間。膣口とは微妙に違う、唇の締まり具合。膣内のひだひだよりも自在に動く舌。その全てが、経験のない快楽となって俺に襲いかかってくる。

「……♪　んぷぁ……にっひひひ♪　どーしたおじさん、めっちゃヨユーなくなってんじゃん。あたしのフェラに瞬殺されそうな勢いじゃん♪」

「お、お前の口、サイズ感が小さすぎなんだよ。締めつけられんの、たまんないんだ」

「あは♪　最初っからそーやって、素直になってりゃいいのにさー。俺のちんぽは雑魚ちんぽですぅー、ロリコンでマゾでドヘンタイのクソ雑魚肉棒ですぅー、早く美沙ちゃんのちっちゃい穴でよがりたくってしょうがなかったんですぅーって言えばよかったじゃん♪あ、別に今からでもいーよ。雑魚ちんぽ負け宣言して、どうぞ♪」

ここまで追い詰められた時点で、俺に勝ち目はない。

既に射精欲が腰の周りを痺れさせ、いつ暴発してもおかしくない状況だ。

だいたい、こんな可愛い子にフェラしてもらうとか、数週間前までは一ミリも考えられなかったんだから。

まだまだ俺は童貞だ。精神的童貞を脱しきれてなんかいない半端者だ。

もっと、してほしくなった。

もっと、味わいたくなった。

もっともっと、こいつの唇で気持ちよくなりたくて。

このまま、こいつの口の中で……射精、したくなった。

「……悪い、美沙。もう限界だ」

「へ？　えっ、あれ？　マジで負け認めんの？　うっわあんだけいろいろ言ってたのにおじさんだっさ、ちんぽざっこ、っ、んぐ！　んんぅ！　ふぐっ、んぐぅぅぅ！」

小さな頭を鷲づかみにして、引き寄せる。

若干強制的にちんこを咥え込ませた後、強引に美沙の頭を前後させる。

男が女を押さえつけて奉仕させる、イラマチオの形。嫌が応でも唇がカリ首に擦れる。口腔の中で、亀頭が唾液に濡れていく。

「んぶっぶぷっ、ぐぅ、んぐぅ……！　ふぅ、ふぅ、ん、ん、んんん！」

「ごめんな。唇、使わせてもらうぞ。美沙も舌、ちゃんと使ってくれよ」

「んんんッ！　ひ、ひぐっ、ん、んぶっ、ぶぷぷッ！」

暴れる美沙を押さえつけながら、頭を前後に振らせる。同時に腰を前へと押し出して、フエラチオで受ける快感を全て受け止める。

「ふぐ、んぐぅぅう！　ぢゅ、ぢゅぷ、んぢゅるぅっ！　ずじゅる、じゅぷぷぷっ！」

涙目になりながらも、美沙は俺の言うとおりに舌を竿へと這わせてきた。

更に、快感が膨れ上がる。腰の周りが痺れてくる。ちんこに痺れが伝わっていく。

ミニマムサイズの唇の奥で、俺は……。

「う、うぁっ、美沙、出るっ！」

はじめてのフェラに、屈した。

「ふ、ぐ、んひぐぅうっ！　んんんっ、んぐむぅぅぅうぅう〜〜〜〜〜〜〜〜ッ！」

精の、爆発。

本気の、射精。

依然として、頭を押さえつけたまま。

喉の奥に、ほとばしりを叩きつける形。

苦しがって涙目になる美沙の喉奥へ、更にちんこを叩きつけて、溜まりに溜まった白濁液を注ぎ込んでいく。

「ふ……んぐ……っく、んぐ、こくっ……んくっ……」

ほとばしりを吐き出すことすら許されない美沙。

細い喉が、二回、三回と鳴った。

「っ、ぷぁ！ け、けほ、けほっこほっ！ ちょ、おじさんなにしてくれてんの。あんなニガくてどろっどろなヤツ飲ませるなんて。あーサイアク、喉がいがいがするぅー！」

「あのな。ちんこ咥えたら口の中で射精されるってことくらい、わかるだろ」

「飲むつもりなかったし。てかマジであんな簡単に出しちゃうとか思ってなかったし。うっわサルみたいにサカった雑魚ちんぽに乱暴にされちゃったよ。ホンットちょーサイアクなんですケド」

「しかたないだろ。それくらい気持ちよかったんだよ、お前の唇」

「えっ」

「だから、フェラチオが、我を失うくらい気持ちよかったんだよ」

それこそ、自分が我を失っているという自覚があった。

今まで自分でも理解していなかった己の性癖が、どんどんあぶり出されていく感覚。

そして。

俺はこの美沙というガキに、とことん興奮してしまっている。

年甲斐もなく、連続で射精したくなるくらいに、興奮が極まってしまっている。

「前に言ったからな。下手に男を挑発したら、ボッコボコに犯されるって。んで俺は今、我を失ったままだったりするんだよ」

「は？ なにそれ」

「俺も、考えを変えたんだよ。てか、今変えた。お前をわからせるためには、愛情たっぷりのセックスをするだけじゃだめだ。男ってヤツを全部理解させせないと、わからせたことにならない」

「はぁ？　マジでなに言ってるかわかんないんですケド。精神的ドーテーがどーしちゃったんですか？　まさか気が触れちゃったんですか〜？」

「どうしたもこうしたもない。普段優柔不断で受け身な俺でも、キレたらこうなるんだよって話だ！」

「え？　えっ？　なになにっ、き、きゃんっ！」

美沙を押し倒す。後ろを向かせ、服を剥ぎ取る。

勢いそのままに、射精直後でも勢いを失っていないちんこを、スリットへとあてがう。腰を引き寄せて、バックの形で挿入を試みる。

「んぅ！　ちょ、おじさん、なんで？　なんでまだ、ちんぽ硬いまんまなの？」

「お前としたくて、しょうがないからだよ」

「でもでもっ、男ってシャセーしたらちんぽしぼむよね、賢者タイムとかゆーヤツでさ」

「ああ、しぼむだろうな。射精『し尽くしたら』な」

今までにない勢いを、俺から感じたんだろう。

こちらを振り向いた美沙が、ひきつった笑みを見せる。

「……おじさん、マジ？」

「マジ」

「あたし、これ、ヤられちゃうの？」

「ヤルとか抱くとか、どんな表現が当てはまるかなんて、俺にはわからない。ただ……」

俺も、今までにない顔を見せる。

欲望にまみれた笑顔で、美沙を上から見下ろす。

「俺は、お前に挑発されたぶん、お前のおまんこで気持ちよくなって、射精したいから。だから入れて、ピストンして、ぐっちゃぐちゃにかき混ぜる。それだけのことだぞ」

強めに、腰を前へと押し出す。

膣口が軽く開く手応えと同時に、一気にちんこが竿の根元まで埋もれていく。

「ひぅ！　んぁっ、くぅぅぅぅうううんっ！」

予想に反して、いきり立った肉塊がすんなりと入っていった。

もっと抵抗があるものだと思っていたけど、違った。美沙のあそこは、土手の周りから膣道、ひだひだの奥に至るまで、確実にじっとりと濡れていたからだ。

「うぁ……あっ……ホント、なんで……雑魚ちんぽのくせに、元気すぎっ……」

「それだけ、お前のフェラで興奮させられたのと……あと、元からお前に興奮してるのとの合わせ技だな」

「っ！　ば、バカ！　そんなんでダマされないからね、あたし！」

「なに言ってんだお前。俺がいつどんな嘘ついたよ」

「ちが……っ、うぅ、もういい！　てか早くイっちゃえ雑魚ちんぽ！」

怒っているようで、どこか照れているような、よくわからない表情をしつつ、美沙が顔を伏せる。

感情をしっかり読み取ることはできないけど、確実なことが一つ。

黙ってれば、こいつは可愛い。

いや、黙っていなくても、こいつは可愛いか。

「動くぞ」

「ふん。こーなったらおまんこで締めつけて、がっつりイかせてやる。すっげー乱暴にあたしのこと突いたの、後悔させてやるんだから」

まだまだ、これからなんだけどな。

とにかく、後ろから挿入したこの格好は、俺のほうが動きやすいから。

手始めに、細い腰をしっかりと掴んで、ゆったりと一往復させせる。

「ひぅ……！　ふぁ、んぁあっ！」

また、ゆったりと一往復。

ピストンの速度は、できうる限り緩やかに。だけど、ちんこの長さを最大限に活かして小さな穴の入り口から奥までをめいっぱい擦り上げていく。

「あぅ……んぐぅっ……はっ、はぁっ……ちょ、なにそのやり方っ……なんか、めっちゃ奥に、響くんですケドっ……一回一回、ずん、ずんってきてるんですケドっ……！」

「気持ちいいなら、続けてやるぞ」

「そ、そんなコト言ってないっ、響くってだけで、気持ちいいだなんて、っ、ひ、ひぅ！くふぁっ、んぁっあぁあああっ！」

また、美沙が甘い声を上げる。

確実に、感じている声。それと共に、ぐちゅりと音を立てて愛液がスリットの奥からこぼれ出す。

対して、俺のちんこも確実に、快感が深まりつつあった。

でかいおっぱいに目を奪われがちな美沙だけど、実のところ身長は俺と頭一つ以上違うし、胸以外のサイズは年相応だ。

華奢な腰も、簡単に折れ曲がってしまいそうな細い首も、くびれというものができあがっていない背筋も、少女そのもの。もちろんおまんこのサイズだって、俺のちんこを咥え込んでいることが奇跡に思えるくらいに小さい。

だから、普通に擦れているだけで、下手をすると暴発して精を放ってしまうレベルの快感が襲ってくる。

一度フェラで抜いてもらって、軽くちんこが痺れているのが、逆に功を奏している。感覚が鈍っているせいで、射精欲の深まりかたも鈍くなっている。

「はっ、はぁ、う、うぅ……くっそ、よわよわちんぽのくせに、ドーテーのくせにっ……ヨユーぶって、腰、ガシガシ、してきてくれちゃってて っ……」

「違うぞ？　ガシガシってのは、このレベルだぞ？」

「えっ？　な、なに、なんでっ、ひ、ひぐぅっ！　んぐっくっんぅっぅぐぅぅぅぅう！」

挑発に乗る形で、ほんの十秒くらいリミッターを外しつつ、全力で子宮口へと突きを見舞う。そんな風に『ガシガシ』を身をもって理解させたところで、また緩やかなピストンへと戻す。

「は、ぐ、ぁ、ふ、あ、あぅ……ふぁ、んぁぁぁぁあっ……」

苦しそうにひきつっていた顔が、ピストンを加減されたことで、また蕩けた瞳に戻っていく。

「うぁ……ホントに？　マジ、なの……？　おじさん、スピード落としてんの？　ガシガシやったほうが、ちんぽ気持ちいいんじゃないの？」

「違うな。今俺が求めてるのは、ちんこの気持ちよさじゃない。お前のよがり顔だ」

「っ！　こ、このっ……ひ、ひぅ！　雑魚ちんぽの、くせにぃっ……♥」

力が抜けて、腕で身体を支えられなくなり、ベッドに突っ伏す美沙。

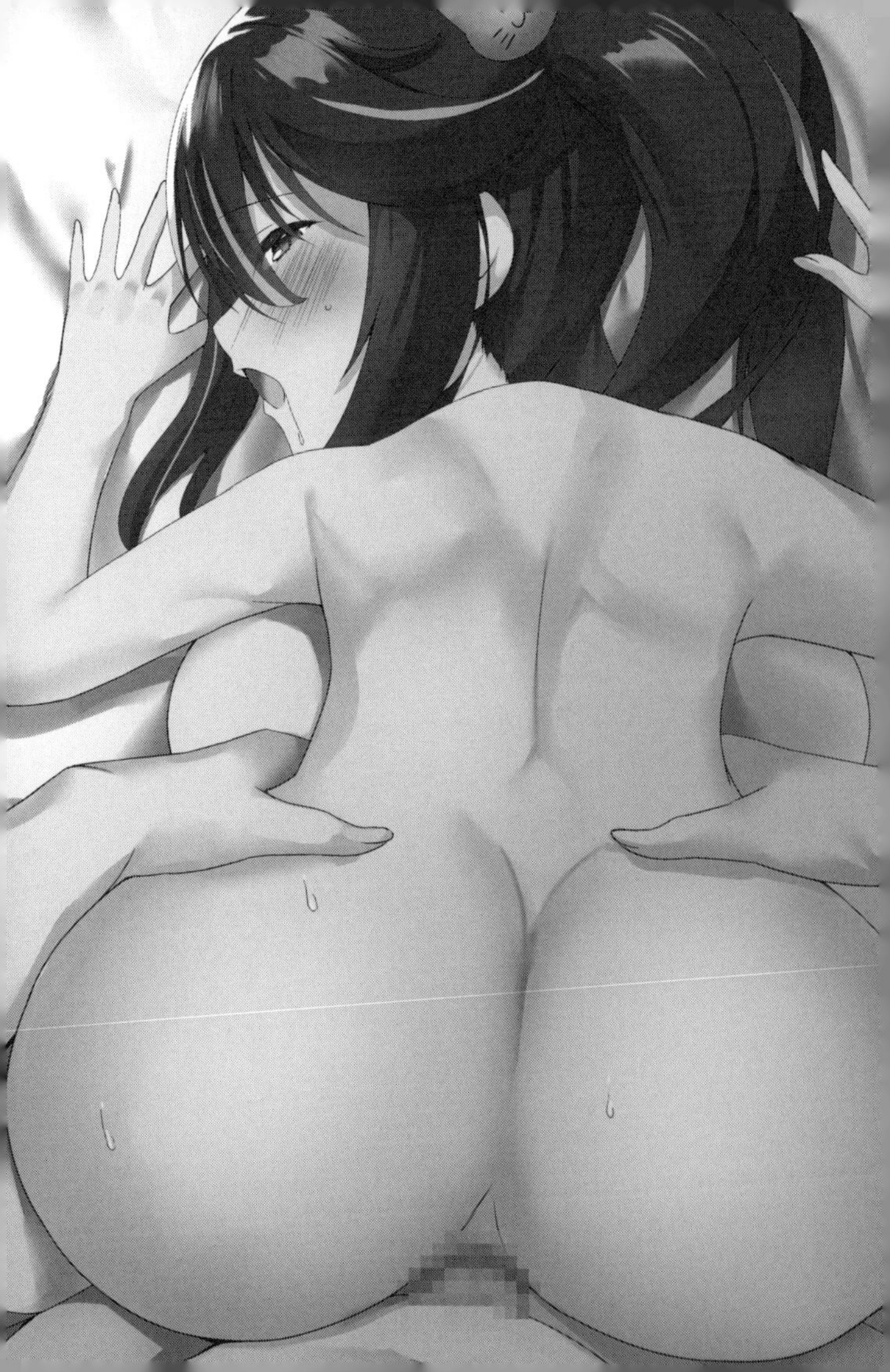

布団の上でおっぱいが形を変え、俺の突きに合わせて乳首がシーツに擦れていく。

バックという体位と、大きなストローク。昨日までのセックスとは違う、明らかに男性上位の動き。

その中でも俺は、力任せの『ガシガシ』ではなく、前回と同じように腰を回したり、角度を変えてピストンをしたりして、美沙が感じる責め方を模索していく。

「ふぁ、あんっ、やぁっあぁあんっ♥　やだ、なに、なにこれぇっ♥　すごいん、ですけどっ……勝手に、ひ、ひぅ、ヘンな声、出ちゃうんです、けどぉっ……♥」

「……美沙お前、割とヤバいぞ。めちゃくちゃ濡れて、おまんこぐちゃぐちゃだ」

「ば、バカっ、そうさせてんの、誰だよって話じゃんっ♥」

「お？　あれっ、その発言いいんだ？　俺に濡らされてるってことは、俺の雑魚ちんぽで気持ちよくなっちゃってるってことだけど？」

「うぅ、ち、ちがう、違う違うっ、言ってンじゃん、濡れるのは、ぼうえいほんのーだって……あ、あぅ、絶対、ゼッタイちがうんだからっ、雑魚ちんぽに負けたり、してないんだからぁっ！」

もう、俺に抵抗しているのは、口だけだ。

おまんこの中のざわつきが、カリ首を通じてしっかりと伝わってくる。

俺も、美沙の好みの腰使いを見つけては、それを執拗に続けていく。

「んっ、んぁっ、あぐっ、ひ、ひぁぅっ♥　ぅあ、ひ、ひぁ、あはぁあっ♥」

　中でも、ストロークをできるだけ大きく取って、ゆったりと引き抜き、カリ首が割れ目から見えたあたりで勢いよく埋め戻す、そんなピストンをすると、美沙が腰砕けになる。

　完全に力が抜けて、快感に酔いしれている真っ最中の少女。威勢のいい言葉とは対照的に、丸みの帯びきってないお尻が持ち上がって、ちんこを求めてくる。

　そして。

「はっあっあぁあっ、やぁ、だ、だめ、ダメだってばっ……♥　ひ、ぐ、くぅうっ！　んんぅっ、うぅううううう〜〜〜〜〜〜〜〜〜ッ！」

　目の前で腰ががくんとわなないて、小さな膣口がぎゅっと内側に折りたたまれる。

　これはもちろん、美沙が絶頂まで達した合図に違いない。

　嬉しい。素直に、感動する。

　構い倒したくなるくらいに可愛い女の子をイかせてあげたことが、男として誇らしい。

　そして、更に昂ぶった気持ちが、より深いピストンへと繋がっていく。

「んぃッ！　あひっ、んひぃいいいッ！　ま、まってっ、おじさんやだ、待ってぇっ！　これ強いっ、おちんぽ強すぎるのっ、あたしイってる、イってるからぁあっ♥」

「わかってる。だから俺も、絶頂まんこ、感じたいから」

「な、なにわかってるんだか、わかんないしっ……感じたいとか、イミフだしっ……！　うぅ、でも、でもっ……おちんぽ、本気なのはわかる、わかっちゃうっ……♥」

　ストロークを更に大きく。もっと膣奥を求めて、突きを深く。

　腰と腰がぶつかり合う音と、飛び散った愛液が肉棒でかき混ぜられる音が、いっしょくたになって俺の耳に飛び込んでくる。

「あ、あ、ひぁ、んぁっあぁあぁっ♥　本気ちんぽっ、これすごすぎるっ、や、らめっ、イくのとまらいっ、とまららくなっひゃうぅっ♥　やっあっあぁあっ、あひぁあぁっ、くぅぅぅあぁっ！　んぁぁぁあぁあああああああああっ！」

「美沙のおまんこも、すごいぞ……めちゃくちゃ気持ちよくて、っ、くぅう！」

「ひ、ひぃ！　ふくらんでりゅ、おちんぽきてりゅぅっ♥　なか、出されて、いっしょにイってっ、あ、あひぃっ、んぃぃぃいッ！　ッ♥　っ♥　ひぅ♥　くぅう♥　うぁあ♥　あ、ぁ、あ、あぁあああああ～～～～～～～ッ♥♥♥」

　止まらない絶頂。ひたすらきつく、竿を締めつける膣道。

　溢れる愛液を掻き分けるようにして、精液が美沙の一番奥めがけて噴き上がる。

　絶頂と絶頂が重なるこの瞬間。

　この、セックスをやりきった感がたまらない。

　美沙を抱き尽くした感覚が、充足感を呼び込んでくる。

「美沙」

体重をかけないようにして、折り重なる。

強すぎる絶頂に、半分意識を飛ばしてしまっている彼女のほっぺたに、ちょこんとキスをする。

「すっごく、可愛かったぞ」

心なしか、美沙の頬が緩んだ気がした。

そのときの彼女の表情は、屈託のない笑顔ってヤツに最も近いものだった。

それは、俺が記憶している中でも、一番可愛い表情だった。


激しいセックスの後、しばらくして、ようやく心身共に落ち着いてきた頃。

美沙は、ものの見事に、元に戻っていた。

……これはこれで、可愛いとは思うけど。

「あぁぁぁぁあぁぁあああ！　くっそ、やられた！　雑魚ちんぽが連射できるなんて、めっちゃ計算外だったし！　そのせいであんな……うぅ、あんなコトや、あんなコトにぃっ……ちきしょぉ……死にたい……恥ずかしくて死ぬ……」

「死なれたら困る。もう美沙とセックスできなくなる」

「あんた射精しすぎて頭吹っ飛んでんじゃないの？　その言い方ないわ、あり得なさすぎだわ！」

「でも、じゃなーい！　あぁもうっ、くっそ、くっそ！　こんなヤツのちんぽに、今日も
わからされちゃうなんてーっ！」

美沙はもう、顔どころか耳まで真っ赤だった。

俺からすると、わからされるのもまんざらでもない、という顔に見えるのは、気のせい
だろうか。

「ほんっと、謎すぎる……あんなに理屈こねて、俺は襲ったりしないとか言ってたくせに、
ちょこっとフェラしてあげただけですぐ理性吹っ飛ばしちゃって、後ろから犯してくる……

そんなドーテー雑魚ちんぽに、なんで負けちゃうんだろ」

「……これは、俺の憶測だけど」

「なによ」

「美沙のおまんこも俺に劣らず雑魚まんこだっていう可能性は、っ、痛ぇ！」

こいつ、すねを蹴ってきた。

反動を利用した、威力のある蹴りだった。

「うぐ……いってぇ……本気で足、振り抜いてきやがって……」

「言い方考えないドーテーが悪いんじゃん」

「……じゃあ、エロまんこでどうだ」

「なんでそうなるの」

「すぐ濡れて、ちんぽ呼び込んじゃうのは事実だろ。お前のおまんこ、エロいんだよ。客観的に見てもそうに違いない」

「そうかもだけど。そうかもだけど！　おじさんのちんぽのほうが雑魚だもん！　あたしそんなに簡単にイったりしなかったもん！」

「ダウト」

「えっなにが」

「だから、ダウト。お前が簡単にイった跡が、シーツに染みを作ってるから」

「っ！　ばか、バカ、ヘンタイぃっ！」

もう一度、蹴りが飛んできた。

さっきのが、左のすね。今度は右のすね。

少々重すぎる照れ隠しを食らったところで、美沙がシャワー浴びる、と吐き捨てて、部屋を出ていこうとする。

ここまでくると、ぷりぷりと怒っているこいつに腹が立つより面白くなってくる。

なので、最後にもう一つ、余計な質問をしてみることにした。

「なぁ、美沙。お前さ、昨日みたいに優しく丁寧にされるのと、今日みたいにちょっと乱暴にされるのと、どっちが好きなんだ？」

返事は、知らない、バカ、だった。

ただ、耳まで真っ赤なままだったところを見ると、知らないという言葉の裏に、どっちかなんて決められない、という響きが乗っていたようにも思えた。

ひとりきりになった寝室。

思わず、笑みがこぼれてしまう。

美沙もそれなりに、俺に生の感情をぶつけてくれるようになったな、と。

いきなりフェラをされたときは、どうなるかと思ったけど、結果オーライだ。あいつを満足させる抱きかたは一つじゃない、という発見が、今日の一番の収穫だ。

『わからせる』方法は、たくさんある。

徹底的に甘やかすのもいい。逆に、性欲を前面に押し出すのもありだ。

今は、あいつと向き合えていれば、それでいい。

……と。

そう結論づけようとしたところで、自分の思考にとある疑問を持った。

『今はそれでいい』と思った。

構い倒して、全力でヤる、それでいいと思った。

なら、明日は？　その先は？

俺はあいつと、いつかはまた違ったセックスをしたいと思っているんだろうか。

なにかを、あいつに求めているんだろうか。

たとえば、イかせるイかせないとは、別のものとか。

たとえば……ストレートな愛情、とか。

「……参ったな、これ」

愛情を確かめ合うセックスは、確かに理想だ。そんなセックスができればいいと、俺は今でも思っている。

けど、それは美沙と、愛情を交換するということになるわけで。

当然、俺からも愛情を注ぐことが、大前提となる。

ということは、俺は美沙を、愛情を注ぐ対象として見ているわけで。

つまり、俺は。

あいつのことを……本気で、好きになりかけている……のか。

あるいはもう、とっくに好きになってしまっているのか。


三十五まで、女性と親密な関係になることがなかった男がいる。

蓋を開けてみれば、そいつは重度のロリコンだった。あんな細い腰をつかんで小さな穴にちんこを突っ込み、背徳感をも快感に変えて膣内(なか)出しするヤツは、アブノーマルそのものだ。童女趣味にも程がある。

あのませガキとは、身体を重ねた仲だし、ある意味セックスを楽しんでしまっている関係でもある。

最近、寝室のベッドでしていることは誰にも言えない。

倫理的にも、性的な側面においても、人に言いふらせるものではない。

もちろん俺も、家族にも言っていない。というか、言えるものではない。ありのままを親に報告でもしたら、警察に突き出されるだろう。

つまり俺は、美沙というメスガキを構い倒して、ちんこでイかせ、わからせているわけだから。

冴えない精神的童貞のおっさんが、メスガキとする。エロ方面の調教としか表現し得ない行為をやりまくっている。

それが、現実。

それが、俺と美沙の事実。

……ただ。

それを止めろと言われても……きっと、無理な気がする。

それだけ、俺の頭の中で、あいつが占めるウェイトが大きくなっている。

どうにかして良い方向に更生してやりたいという、父性のような感情なのか。あるいは明快に、好きになった異性を手元に置いておきたいだけなのか。自分ではまだ、判断がつきかねている。

だとすると……あいつの本心は、どうなんだろうか。俺の感情が、それこそ精神的童貞の妄想でしかない一方通行なものではないだろうか。

確かめてみたい気はするけど……あいつは、簡単に答えてはくれないだろうな。

しばらくは極力、構ってやりつつ、距離感を縮めていくしかないのかもしれない。

「よーッス」

今日も、美沙が来る。

最近はもう、なんだかんだ言いつつ、一日一回はエロいことをする流れになる。

仕事の合間を縫って、軽くオーラルで交わることもあれば、6時過ぎからしっかりとセックスをすることもある。

たいていは、美沙のほうから挑発をしてくる。今日はあたしがわからせてやる、とか、先にイったほうが負け、などと吹っかけてきて、俺がそれに乗る形で行為が始まる。

勝負という体裁を保ちつつ、俺たちは快感に身を投じる。

結局、気持ちいいから交わっているわけで、いつもお互いに絶頂して、勝ち負けがつかず引き分け、また次も勝負だからね、という展開。

つまるところ、普通に快感目的で交わるというだけの話だ。

「今日もひとりか」

「ん」

「最近、つるんでないのな。男友達とか女の子の友達とか、前は俺の家にまで連れてきていたのに」

「あー、あれ？　別にトモダチとかじゃないから。あたしの部下だから」

また出た。意地っぱりな性格が。

確かに、こいつが連れてきた他の子たちは、美沙とノリが違った。常識もきちんと持っていて、俺が注意するとすぐに出でいった記憶がある。

美沙は学校には、友達や親友と呼べる子がいないんだろう。こいつは負けん気が強い性格だから、対等の立場という人間を作れない。だから部下なんていう単語がするりと出てくるんだ。

「で？　おじさん、今日もまだ仕事？」

「ああ。しばらくリビングでくつろいどけ」

「うっわ、おざなりー。てかまた、仕事仕事って言ってさ。あたしとの勝負から逃げる気なんだ？」

「本当に仕事なんだよ。外せないんだ」

「クソ真面目だよねー、おじさんって。だから今までドーテーだったんだよ」

「言っとけ。とにかく、6時までは構ってやれないから、そのつもりでいてくれよ」

「ふーん。じゃあ、6時過ぎたら？」

「……ん？」

「6時過ぎたら、一勝負するよね。おじさん、逃げないよね？」

「……ああ、そういうことか。ま、定時過ぎなら、付き合ってやるよ」

と、指をパチンと鳴らして、やった、と喜ぶ美沙。

その直後、我に返って、そんなんじゃないから、と俺に突っかかってくる。

どこらへんのどれがそうなのかは置いておいて、まぁ、俺とのセックスが楽しみになっているのなら、それはそれでいいかな、と思っている。

勝負やら、わからせあいっこやらを繰り返すうちに、徐々にではあるけど、美沙自身のことを知るようになってきた。

特に、こいつが常に優位にセックスを進めた日や、セックスの終わりにふたりでキスをしたときなんかは気が緩みやすいらしく、個人的な話をふと漏らすことがある。

「で、今日は何時までオッケーなんだ。あんまり帰りが遅くても困るだろ」

「んー？　別にー。母さんいっつも遅いから、うち誰もいないし。今日も帰ってもひとりでつまんないもんね。だからおじさんには、あたしを楽しませる義務があんの。わかってるよね？」

「はいはい。6時きっかりに仕事を終わらせるから、大人しくしとけよ」

「ん」

今日も、こんな感じだ。

会話の端々からわかったことが、数点。

基本、美沙の後ろに、親の存在を感じない。特に父親のことが話に出たことは一度もなく、帰宅時間を心配しても、いつも『母さんは帰りが遅い』と返ってくるだけ。

親の事情に首を突っ込むつもりはないけど、こいつは自分の家に帰っても、構ってくれる存在がいないことは確かだ。

だから俺みたいな、保護者と同年代でも通じるような中年の男の家に入り浸っている。言い方は悪いけど、孤独を紛らわすためにセックスという手段に頼っているとも見てとれる。

そういう背景を垣間見てしまうと、割と初期からの俺の一貫した方針である『美沙を構い倒してやろう』は、実はいい線をいっていた、最適解だったんじゃないかと思えてくる。

そんなことを頭の中でぐるぐると考えつつ、2時間ほど仕事を進める。

そして夕方、6時過ぎ。

進捗を報告して、会社との回線を遮断し、一息つく。

寝室で待っている美沙。扉を開けると、おっそーい、といつもの文句を言ってくる。

「でさ。あたし、ちょーっと発見したコトがあるんだケド」

いたずらっぽい笑みは、今日のプレイスタイルを提案してくるときの顔だ。

「おじさんってさ、基本ドーテーのヘタレじゃん。だから、あたしに雑魚ちんぽ突っ込むときも、真っ正面から入れてきたときって、勢いがないんだよね」

「ん？　なんだ、今日は体位に注文つけんのか」

「そそ。おじさんが威勢いいときって、決まってバックからガンガン突いてくるときなんだよね。おじさん純情だからさぁー、あたしの顔見ながらすると、途端に強く出れなくなっちゃうヘタレに様変わりしちゃうんだよねー。へへ～ん、あたしもう見抜いたもんね、おじさんは、せーじょーいとかきじょーいとかでヤっちゃえば怖くない！」

なるほど、自分の得意な体位に持ち込んで、俺を絡め取る作戦か。

悪くはない。悪くはないが、ただそれだけだ。付けいる隙はいくらでもある。

「わかった。じゃあ、今日は前から抱いてやるよ」

「にっひひひっ♪　ならあたしは、雑魚ちんぽぎゅうぎゅうに締めつけて、アへっちゃうおじさんをじーっくり観察したげる♪」

売り言葉に買い言葉。主導権をかけた挑発合戦。

その間にも、お互い服を脱いで、臨戦態勢を整える。

ぎゅっと抱き合いながら、軽くキスをして、相手の肌に指を滑らせる。

おっぱいを揉みしだく。ちんこの根元を握られる。

スリットを撫でる。ゆるゆると竿をしごかれる。

そうして準備ができたところで、指定された体位へと持っていく。

ベッドに寝転がり、軽く足を開いて俺を誘う美沙。丸く縮こまった少女は、天井から見るとすっぽりと俺の背中で隠れてしまうほど。

そんな小さな子の、小さな穴を目がけて、興奮状態のちんこをあてがう。

「……♥　にひっ♥　ちんぽ、めっちゃコーフンしてんじゃん。そんなに、あたしに負けて、搾られたくなっちゃった？」

「今のうちに威勢のいいこと、全部言っとけよ。すぐにお前のおまんこが、ちんこを搾るどころじゃなくなっちまうだろうからな」

「上等っ♪　ほら、きてみなよ。おじさんのだ〜い好きなロリまんこ、とろとろになって待ってるからさ♪」

今日の勝負は、至ってシンプル。

わからせるか、わからせられるか。

体位制限ありのセックスで、早くイかされたほうが負け、だ。

今からしようとしている快楽優先のゲームのようなセックスを、精神的童貞が発動していた頃の俺が見たら、それは違うだろ、やめておけ、と言うかもしれない。

でも、美沙のことを知るにつれ、セックスに新たな意味が生まれてきたのも事実。

それは、不器用なガキとのコミュニケーションツールとしての行為、だ。

腰の位置を合わせる。既に濡れている膣口と亀頭がキスをする。

ふたりが協力して性器同士を交わらせるこのプロセスも、もう手慣れたもの。

そして、目を合わせて、囁く。

「美沙、可愛いよ」

「……♪　ばーか♥　気取ってないで、早く入れちゃえ♪」

「ああ、わかってる。今日も奥まで、可愛がってやるからな」

腰を前に突き出す。亀頭を、そして竿を、美沙の中に埋もれさせていく。にぢゅ、と一ついやらしい音を立てて、ちんこが吸い込まれていく。

「んぅ……！　ふぁ、くぅうっ、んぅぅぅうっ……！」

いつもの手応え。性器同士が繋がる、セックスの始まり。

ただ、この挿入感は、何度味わっても慣れられるものではない。

ときどき、生意気な口と大きなおっぱいで忘れそうになるけど、こいつの身体の芯はまだまだガキだ。細くて小さくて、扱い方を間違えると壊れてしまうひ弱さを持っている。

だから、きつい。おまんこがきつくて、気持ちいい。

幸い、おまんこの中は発達した筋肉の塊だから、多少荒っぽくしても平気だけど、だからといって挿入感が産む快楽に身を任せすぎて、無茶苦茶なセックスをしたら、美沙そのものを傷つけかねない。

　そうならないように、注意しながら。

　おまんこは、時に激しく責め立てる。

　それが、このメスガキとの、セックスのやり方だ。

「っ……くぅんっ……♪　あは♪　いっつもだけど、雑魚ちんぽのくせに、いっちょまえに硬くてでっかいんだよね、おじさんって♪」

「そろそろ、枕詞の雑魚ってのは取ったほうがいいんじゃないか。最近、お前のおまんこは、こいつにイカされ続けてるだろ」

「過去のことはいいんですぅー。今日は負けないんですぅー！　ん、しょっと♪」

　美沙が、得意げな顔をする。いわゆる一つの、したり顔というヤツだ。

　ふにふにした太ももが、俺の腰に回ってくる。続いて、ふくらはぎの柔らかさを背中側に感じ、腰の裏側で小奇麗なくるぶしが交差するのがわかった。

「にひっ♥　つーかまーえたっ♥」

　下から捕獲された、この体勢。

　古風な言い回しをするならカニばさみ、今風に言えばだいしゅきホールド。

　美沙はこれを狙っていたんだろう。事実、ふたりの繋がりが深くなって、ちんこが狭い膣道の中でしっかりと包まれ、ぎゅっと苛烈な締めつけを受けていく。

「っ、く……なかなか、美沙もやるじゃないか」

「んふふふ～♥　引っかかったおじさんが悪い♪　ほらほらぁ、もう雑魚ちんぽ逃がしてあげないよ～？　ちっちゃまんこに搾られ続けて、早くびゅっびゅしちゃえっ♪」

……こういうところだ。

可愛いと危ういの境界線をさまよう、この辺りが本当に可愛い。

メスガキ成分多めで俺を誘い、罠にかけてちんこをがんじがらめにする、ここまでは経験値の浅いちんこを責めるのに十分な策だろう。

ただ、その策が完璧ではないから、俺には可愛く映る。

そして、危うい。恐らくこれも、こいつの近所にいる、なんたら姉の入れ知恵だろう。けど、こんなもので男を制御できると思っているなら、それは大きな間違いだ。美沙と俺の体格差を活かせば、こんな細い足の束縛なんて、すぐに緩んでしまうからだ。

「なら、お前のちっちゃまんこ、感じさせてもらうからな」

「えっ？　あ、ん、んぅっ……！　ちょ、ひ、ひぅうっ！」

じわじわと、円運動から始めていく。

小さな穴を中心にして、ぐりぐりと腰を擦り合わせると、膣口が少しずつ拡がっていく感触を竿の根元で感じる。

右回転から左回転へ、左回転から右回転へと動きを変えていき、更にスリットに平行に骨盤を動かす上下運動を取り入れる。絶えず腰をうごめかしていると、早くも腰裏のくるぶしのロックがガタついてきた。

「うぁっ、は、はぁっ、はぁっ……ちょ、それ、やめ……おじさんの腰使い、今日、すっごくねちっこくってエロい……なんか、おまんこがちんぽの形になっちゃうってゆーか、ちんぽの形、覚え込まされてるってゆーか……」

「よくわかってるな。その通りだぞ」

「うわっヘンタイっ！　えっろ！　おじさんドエロい！」

「俺がエロいのなんて、とっくに知ってると思ってたけどな」

だいしゅきホールドなんていう浅はかな知恵を、男の力とちんこの快感で突き崩す。

その瞬間、許容範囲をはるかに超えたメスの快楽に、このガキは溺れることになる。

「さて、もう俺は、お前をわからせる気満々だけど……美沙の覚悟はできてるか？」

「えっ、なにそれ。勝利宣言早くない？　だっておじさん純情で、あたしに見られながらセックスするときは、乱暴なピストンなんてできないヘタレだから、これ以上ちんぽであたしを感じさせることなんてできないし」

「はは、やれやれだな。今から大人の俺が、根拠に乏しい仮説を頼りに物事を進めると痛い目に遭うって、その身体に教えてやるよ」

「ちょ、なにする気」

「この体位でも、お前が言ってる『純情』と『乱暴に』を同時にできるって、今から証明してやるんだよ」

繋がりを深くするときに必ずするムーブを、今また繰り返す。

細い腰をがっちりと掴み、美沙の全身を引き寄せる。

可愛い膝の裏に腕を通して、そのまま前傾姿勢へ。

だいしゅきホールドを解いて、一気に屈曲位へと持ち込んでいく。

「う、うぁっ、なにこれっ、なんでだいしゅきホールド、こんな簡単に返されてんの？」

「ま、それが大人とガキの差ってこった。てことで、いくぞ。もう手加減しないからな」

「やだ、ちょ、待って……っ、ひ！　ひぃいいいんっ！」

慎重に、ゆっくり引き抜いて、一気に埋め戻す。

ストローク大きめ、速度遅めの、動いたときにお互いのエロい箇所が擦れていると実感できる腰使い。

たった一往復で、美沙の声が甘くなる。

このピストンは、後ろからだろうが前からだろうが、美沙のおまんこは気に入ってくれているらしい。

「はっ、はぁっ……♥　ちょ、なんで……おじさん、めっちゃ自由に動いてるんですケド……ってか、こんなカッコでするセックス、あたし知らない……っ」

「ずーっと前から言ってるよな、知識の量は俺のほうが圧倒的に多いって。ま、教えといてやるよ。この体位は『屈曲位』。折れ曲がるって意味でのくっきょく、な？　で、お前のおまんこを責めるこれが『くい打ちピストン』って名前がついてる」

「…………っ……♥」

「なんだ、いま一瞬、おまんこが震えたぞ？　まさか、くい打ちっていう単語聞いて、これからされることを想像して濡らしたか？」

「ち、ちが、そんなんじゃないしっ……♥　奥に届いちゃいそうだな、とか、後ろからガッツリされるときよりヤバいかも、とか、思ってないしっ……♥」

「ばーか。声震えてるし、目の奥潤んでるし、期待してんのバレバレなんだよ。漫画とかでよくある、瞳にハートマーク浮かべてる状態だぞ、今の美沙」

「そんなんこと、っ、ひぃ！　くぅ、うぁあっ、あひぁあああっ！」

立て続けに、二発、三発と突いてみる。

苦しそうな声は、一切ない。俺の耳に届くのは、甘い喘ぎ声だけ。

加減する必要はないと結論づけて、腰にかけていた理性のブレーキを外す。

「いくぞ、美沙。思いっきりやって、お前の顔をもっととろけさせてやる」

「っ、この、ドーテーがチョーシに乗ってっ……♥　ふ、ふぁっ、そんな簡単にいくと思ったら、間違い、なんだからぁっ……♥　んっ！　んぁぁぁあッ！」

一秒に一回もない、非常にゆっくりとしたペースで、ちんこを突き入れる。

速度を落としているぶん、一発一発確実に、美沙の奥へと亀頭を届かせる。微妙に角度を変えながら、美沙が喜ぶポイントを見つけて、そこを重点的に擦っていく。

「んはぁっ♥　ぁふ、ふぁ、ひぁぁぁあんっ♥　やば、すごい、これすごいぃっ……おちんぽ、ずしんって、きちゃうんですケドっ……ピストン始まったばっかなのに、ジンジンきちゃってるんですケドぉっ……♥」

「どうした。完全におまんこ、俺に降参しちゃってるんじゃないのか」

「っ！　ち、違うしっ、これからだしっ！　おじさんの、ひ、ひゃんっ！　ふぁ、あぅ、おじさんの雑魚ちんぽ、あたしのおまんこで、搾り取って♥　く、くぅうんっ！　しぼりとって、やるん、だからぁっ♥」

美沙が強がっている間も、俺はくいを打つのを止めない。

前後ではなく、上下運動のピストンでひだひだを擦っていくたび、ぬるぬるの愛液がほとばしる勢いでスリットの奥から溢れてくる。

「はっ、んっ、んぁっ……♥　くぅうっ、ひぅ、んぁぁあぅっ……♥　雑魚ちんぽの、くせにっ……熱くって、硬くってっ……♥　あたし、めっちゃやられちゃってんのに、すっごいきもちいいトコ、どんどん探り当てられちゃってっ……♥」

「どうした。搾り取るんじゃなかったのか」

「し、してるケドっ……！　雑魚ちんぽ、ん、ひ、ひぃっ♥　勢い、よすぎなんだってばぁっ♥　あ、あっ、また奥っ♥　ひ、ひぁ♥　やっあっあぁあああんっ！」

あれだけ生意気だったメスガキが、俺の下で女の顔をしている。

それもただの女でなく、俺のちんこに酔いしれて、快感に打ちひしがれている、正真正銘のメスの顔。

「美沙、一つ教えてやろうか。おまんこの入口を自分で締めたら、俺から精液、もっと効率的に搾り取れるぞ」

「はっはぁっ、ふぁ、んぁっ……そ、そんなコト、できるの？　難しくない？」

「割と簡単にできるから、試しにやってみろ。おしっこが終わりそうなときみたいに、下っ腹をきゅってさせてみればいい」

「きゅっ、て……こ、こう、かなっ……♪　っ、きゃぅうっ！」

俺の注文どおりに、美沙がほんの少し腰に力を込める。

それだけで、根元に感じる締めつけが倍加する。ちんこ全体が震え上がるほど気持ちがいい、強烈な刺激が加わって、俺の興奮も加速する。

ただ、一方で。

締めつけたほうのおまんこも、ただでは済まなくて。

「くぅうんっ……♥　ち、ちくしょおっ、おじさん、ダマしたなっ……♥　これ、あたしのおまんこも、もっとちんぽにこすられちゃうヤツじゃんかっ……♥」

「……はは。いいだろ、それで。俺はもっと、ふたりでセックスに溺れたいんだ」

「ちょ、なに言ってんの、あんた頭ぶっ飛んでるんじゃないの？　これ以上キモチよくなっちゃうとか、おかしくなるに決まっててんじゃんっ」

「だから、見たいんだよ。おかしくなっちまってる美沙を、な」

「あ、あぅ、鬼だっ、今日のおじさんガチで鬼だぁーっ♥」

ピストンをするたびに、ぶるんぶるんと揺れる胸がすさまじい。

もう快感で身体が言うことを聞かなくなっているのか、美沙ははしたないほど足を広げて腰を突き出し、俺にされるがままになっている。

セックスの主導権は、もはや完全に俺へと移っている。うぬぼれを自覚しつつ表現すると、今このときが、こんな小さな子との力関係を、セックスで逆転させてしまった瞬間なのかもしれない。

「ひぅ、くぅうんっ♥　ふぁ、あひぁああっ♥　で、でっかいちんぽが、おまんこ全部、ぐりぐり、ごりごりってしてくるっ……！　入口も、膣内も、奥も、全部キモチよくしてくれちゃってるぅっ！」

「美沙も、ずっとちんこを締めつけてくれてるじゃないか」

「うぅぅっ、そ、それ、もう自分でできてないっ、おまんこが勝手に、ちんぽ好き好きってしちゃってるのっ♥　キモチよくなりたくて、そうなっちゃうの！」

俺の芯の部分で、なにかが反応する。

完全上位だった俺の位置が、揺らぐ。

身体の一部を指していることは重々承知の上だけど、好き、という言葉を聞いた途端、射精欲が急に湧き起こってきてしまう。

「っ……！　美沙、この格好、くい打ちピストンってのとは別に、もう一つ呼び方があるんだ。知らないだろ」

「ふぁ、あっ♥　え、えっ、なに……？」

「『種付けプレス』だよ。ちんこをきっちり子宮に届かせて、奥の奥で射精するんだ」

「えっ、あっ、そ、そんなコトされたら♥　あたしぜったいイく♥　雑魚ちんぽ以上の超絶雑魚まんこになって、セーエキ飲み干しちゃうっ♥」

「じゃあ、その雑魚まんこでイって、一滴残らず搾り取ってくれよ」

「うん、うんっ♥　するするっ、イくっ！　あたしおじさんに種付けされてイくからっ、もっとちょうだいっ♥　いっぱいいっぱい、ちんぽちょうだいっ！」

好きの次は、あまあまでドエロなおねだり。

ちんこが興奮して、きつきつのおまんこの中で膨らんでいくのがわかる。

腰も加速し、更に下へ下へとくいを打ち込み、苛烈におまんこを抉っていく。

「ふぁ、あひぁあああっ♥　あ、あ、あっ♥　おじさん、おじさんっ♥　もっとおまんこでぎゅって♥　ぎゅってしたげるからっ♥　イこ、イっちゃお？　ね？　ねっ？　あたしといっしょにキモチよくなろっ♥　ねっ？」

「わかってる。そんなに締めつけられたら、俺も限界に決まってるだろ」

「あは♥　わかるっ、雑魚ちんぽ、ナマイキにぷく～って膨らんでるっ……！　あ、あひっひあっあぁああっ！　あたしも、もう、らめっ……あ、あ、あ、あ、あっ♥　あぁっ♥　はげしっ、ちんぽゴリゴリってて♥　ひぁっ、あぁあああっ！　だめ、イっちゃうよっ、これイくっ、イくイくイくイくイぐイぐぅぅぅぅぅぅぅぅうううッ！」

女の子を組み伏せて、最後にちんこをしっかりと埋め込んで、精を放つ。

俺の下で、おっぱい以外はまだまだな女子が、歓喜に打ち震えたおまんこを中心に全身を震え上がらせ、よだれを垂らしながら絶頂を迎える。

ふたりだけの、空間。

俺と美沙だけが味わっている、とびっきりの快感。

最高に、気持ちがよくて。

最高に充実した、この瞬間が……俺は、大好きだ。

「くぅ……あ……あはっ……♥　びゅ、びゅって……ちんこ、何回も、震えてる……♥どんだけ、出すの……♥　てか、そんなに溜まってたの……？」

「エロい美沙の、ちっちゃまんこを味わってたんだぞ。そりゃもう、溜まりまくってたよ」

「……♪　ふふっ、おしっこの終わりみたいに、ぎゅ、ぎゅっ♥ってするんだっけ？」

「っ！　く、くぅ！　ちょ……まだ、締まるのか……？」

「にひひっ、トーゼン♪　ちんぽの中に残ってるカスまで、ぜーんぶ搾り尽くしてやるんだから♪」

　射精が、完全に終わるまで。

　そして、絶頂の波が終わっても、しばらくは。

　俺たちは繋がったまま、圧倒的な快楽の余韻を楽しんでいた。

「……おじさん♪」

　にひ、と軽く笑って、美沙が目を閉じる。

　彼女の意向をくみ取って、その小さな唇をそっと塞ぐ。

　しっとりとしたキスをしながら、俺はこいつの変わりっぷりに感動していた。

　あそこまで手に負えなかったこのメスガキが、こんなに可愛らしいキスをねだるようになった、この落差にぐっとくるものがあった。

「ん……♪　ふふっ、今日も引き分けだったね♪」

「……？　ん？　あれで引き分けって、お前の採点基準、どうなってるんだよ」

「えー？　これでもおじさんに激甘な点数つけてるんですケドー。だっておじさん、あたしがおまんこぎゅ～ってしたら、秒でイかされてたじゃん♥」

「くい打たれてずーっとアンアン喘いでたの、お前だろ。雑魚まんこだってびっしょり濡れてたし、ぐっちゃぐっちゃ音を立ててたし」

「まったまた～。おじさんのほうが雑魚ちんぽですぅ～♪」

「お前のまんこのほうがエロいんだって！」

これまた、いつもの通り。

甘々な空気も、喉元過ぎればなんとやら。

でも。

俺たちはまだ、繋がったままだったりもする。

つまり今のこの状態は、二回戦に向けてイチャついている時間、ともいえる。

「よーしわかった。そんなに言うんなら、今度は耐えてやる。お前を先にイかせてやる」

「その言葉、そっくり返しちゃおっかな～♪　先にシャセー決めちゃって、もう出ません無理です許してください～って謝っちゃうおじさん、見ちゃおっかな～♪」

客観的に見たら茶番と判断されるであろう、安いやっすい挑発合戦。

それを経て、俺と美沙がまた、お互いを求めて腰を動かし始める。

普段の俺なら、ほんのひとかけら残った道徳観にブレーキをかけられるだろう。

美沙もきっと、ほんの一握りのプライドに邪魔をされていただろう。

だから素直に、もっとしようと言えなかったに違いない。
ストレートに、そして素直に、甘えたり、甘えさせたりできない。
そしてこの、年齢差と体格差。
いびつなふたり、だけど。
でも、少し……セックスのときは、正直になれる気がする。
最近は、美沙とのこんな関係が、心地よかったりもする。

そして。
その日の二回戦も『引き分け』で終わった。

——『7月1日』。
『大人の本気？ 男の本気？』
悔しい。
めっちゃ悔しい。
今日のアレ、めっちゃおじさんにいいようにされた気がする。
あいつのちんぽは雑魚ちんぽだから、ちょこっとフェラしてあげればすぐに降参するはずだったのに。

てか、してた。あたしの口ン中で、めっちゃ感じてた。

足コキしてやったときとおんなじで、男のくせにあえいでた。

だから、いけると思ってた。なぁんだ、雑魚ちんぽ咥えてやりゃあ、おじさん言うコト聞くんだーって思ってた。

そしたらあいつ、いきなり頭つかんできた。

すぐわかった。口をおまんこ代わりに使って、腰振ってるんだって。

そんなつもりじゃない、待ってって思っても、火がついちゃったおじさんを止められなくて、そのまま喉の奥にセーエキがっつり出されちゃって。

……なんか、独特な味してたな、アレ。

あの中に、ちっちゃな赤ちゃんのモトが入ってるって思うと、不思議なカンジがした。

そんなコト、考えてたからかな。

キレたあいつに、後ろからされるの、全然抵抗できなかった。

なんか、ジンジンきてた。

最初のときに比べて、全然違ってた。

あたし……気持ちよく、なっちゃってた。

大人の本気って、ああなのかな。

あたし、なにもできなくなっちゃうのかな。

男が本気出すと、ああなるのかな。

あたしのおまんこ、なにもできなくなっちゃうのかな。

でも、あんなにおじさんに好き放題やられるの、ムカつく。ちょーっとあたしがえっちな声出したら、いい気になってゴリゴリピストンしてきたし。

ゆきねぇが言ってた。男はすぐチョーシに乗るし、すぐ立場ってモンを忘れるから、女のほうが上だーって、そのちんぽは情けない雑魚ちんぽなんですよって、テイキテキ？ にわからせてやんなきゃダメだって。

もっかい、わからせてやんなきゃ。

次は、あいつのコト、ゼッッッタイに、先にイかせてやる。


――『7月12日』。

『キモチイイって、ナニ?』

今日も、あいつにわからせられた。

悔しい。うん、悔しいのは、悔しいんだけど。

最近、なんか違う。てか今日、すっっっごく違った。

はじめから、勝ててなかった気がする。

おじさんを誘って、ちんぽ突っ込ませて、そしたら抱きしめて、足からめちゃって……ってだけで、あたしのターン、終わり。

めっちゃ、された。おじさんに無理矢理押さえつけられて、足開かされて、ガンガンちんぽでくい打ち(でいいのかな?)ってヤツ、された。

どうしてあんな風になっちゃったのか、わかんない。

ケド、よかった。キモチよくなっちゃってた。

あたしのおまんこ、ずん、ずんってされるのに弱いって、もうカンペキに、おじさんに知られちゃってるんだと思う。

そう。ずん、ずんってゆーヤツ。ずぷずぷって速いヤツじゃなくって、ぐちゅっぐちゅってかき混ぜるヤツでもなくって、ズシン、ズシンって奥までちんぽきちゃうヤツ。あれされると、いっつもダメになる。お腹の中がきゅぅぅぅってなって、うわうわ♥ ヤバいヤバい♥ ってなったらもうなんにもできなくなっちゃう。

あいつも、顔真っ赤にして腰動かしながらすっごいはぁはぁしてたくせに、めっちゃいろんなコト言って、言葉であたしのコト責めてきて。んで、その話がいちいち当たってるからムカつくの。

ドーテーおじさんに、全部見透かされてるみたいで、ムカつく。

激しくしてほしいときに、ガンガン奥、突いてくるし。

優しくしてほしいときに、そっとキス、したりしてくるし。

あたしが、もっとちんぽ欲しくなったら、締めつけるコツとか教えてくれるし。

それが全部、キモチイイからムカつく。

だってあたし、自分のおまんこが、おじさんの雑魚ちんぽでイっちゃうチョーゼツ雑魚まんこになっちゃってるの、嫌じゃなくなってるんだもん。

そーゆーの、マジでムカつく。

でも……今日のあたし、ムカつくより、キモチイイのほうが、おっきかったんだよね。

で。こーなっちゃうのなんでだろって……考えてみたんだけど。

なんか、すっごいハズい答えに、自分でなっちゃって。

わかんない。

わかんないケド。

今度。

おじさんに、聞いてみようかな。

聞けるかな。

『おじさん、あたしのコト好きなんでしょ』って。

もっと、別の聞き方がいいかな。

『あたしが、おじさんのこと好きって言ったら、どうする？』みたいな。

だって。
好きだ、っていうんじゃなかったら。
あんなに、セックスでキモチよくなれるの、おかしいし。
おじさんにぎゅーってされると、幸せになれるの……おかしいし。

わかんない。わかんないケド。
聞けるかな。ちゃんと。
好きとか、ちゃんと、言えるかな。

……あー、もうっ！
なんであたし、こんなコトで悩んでんの？
もう、全部あいつが悪い！
あたしをヘンなキモチにさせるおじさんが、ぜーんぶ悪いんだ！

小さくわかりあって？

季節は移ろい、梅雨も明けて、しっかりとした夏がやってきた。

俺は、熱さのせいで余計に軽装になったメスガキに軽く頭を痛めたり、たまに汗で肌に貼りついたキャミソールに目を奪われたりしていた。

仕事のほうは……あいつを構い倒している関係で、進捗は芳しくないけれど、まぁそれはしかたがない。たいていは、あいつが帰ってから、実質的なサービス残業をしてカバーしている。

そして、問題のあいつはというと。

少しは、というかだいぶ、態度が軟化してきたように思える。

セックスを繰り返しているうちに、美沙はだんだんと憎まれ口を叩かなくなってきた。

それどころか、すっかり俺に甘えてくるようになった、という表現すら適応しそうなくらい、素直さを俺に見せるようになっていた。

「美沙、お前さ」

「んー？」

「そろそろ夏休みだろ。その間、どうしてるんだ？」

「んー？　あー、ダイジョーブだよ。いつもと変わんない」

「変わんないって、なにが」

「だからー、ガッコが休みでも宿題とかやって、んでテキトーに遊んで、時間潰してるカンジ？　だから、いつもとおんなじ時間に来れるよ」

こんな風に、最近はなにも煽ったり煽られたりすることなしに、普通の会話ができる。

俺からすると、ようやくここまでになったか、という感じだ。

こいつも少しずつ、俺に心を開き始めている。構い倒して、徹底的に可愛がった甲斐があったというものだ。

「……むー」

「どうした」

「あのさ。あたし、いつもとおんなじ時間に、おじさん家に来れるんだけど」

「おう。そのときは、遠慮なくリビング使っていいぞ」

「じゃなくて。もっとないの？」

「冷蔵庫にも、お前の好きな炭酸系のヤツ入れとくから、それ飲んどけ」

「むー！」

「俺もだいたいひとりだから。親が家に来るときもあるかもしれないけど、うちの親父たちはそういうとき必ず連絡するタイプだから、鉢合わせすることもないだろうし。ま、エロいコトしているときじゃなかったら、普通にお前のこと紹介できるんだけどな」

「だからそうじゃ……えっ？　親って。おじさん待って、紹介するってナニ？」

「ん？　近所の子が遊びにきてる、とか、知り合いの子の面倒を見てるとかで済むだろって話だけど。俺、なんか変なこと言ったか？」

「っ！　な、なんでもない！」

それでもたまに、会話の流れが噛み合わなくなる。

たいてい、美沙の喜怒哀楽の移り変わりが激しすぎて、俺のほうが追いついていけない場合、こんな風にこいつの機嫌が悪くなる。

で、少し頭を整理する時間をおくと、こいつが俺のどんな言葉を待っていたかがわかる場合もある。そして、それを指摘すると……

「……なんだお前。もっとないのって、アレか？　6時以降のおねだりのこと、気にしてたのか？」

「は？　ち、違うし」

「ま、そっちは俺も、いつでもしてやっから。あーでも、できる限り早めに、したい日はしたいって言ってくれたほうが助かるな。早めに寝室にクーラーかけとくから。セックスの最中に熱中症で倒れられても困るし」

「違うっての！　クーラーは気ぃ利かせてくれてありがとうだけど！」

「いや、違うってお前。ほんと、なんで怒ってるんだよ」

「知るか！　バカ！」

という風に、たいてい手遅れとなる。圧倒的に怒りの感情のスイッチが多いから、より機嫌を損ねて終わり、となる。

そういうときは、そのぶん6時以降に構ってやって、たっぷりと可愛がってやることにはしているのだが。

「ほんっとおじさんってさー、いつまで経ってもメンタルドーテーだよねー」

……どうやら、今日はいつもより、ご機嫌斜めらしい。

「これはさ、チャンスってヤツじゃね？　いっつも引き分けに終わってたケドさ、やっぱドーテーがドーテーなトコ責めれば、ちゃちゃっと雑魚ちんぽが雑魚ちんぽだって、わからせてあげられるんじゃね？」

しかも、よくわからない理論で、自分のほうが上だと言い張ってきた。

「あのさ。名誉ドーテーおじさんってさ、セックスの体位、どれくらい知ってんの？」

更に、美沙が挑発してくる。

それも、名誉童貞とかいうパワーワードまで生み出してきやがった。

「ねーねー、今日さー、今までやってないカッコで、セックスしてみよーよ。慣れない体位でちんぽ突っ込んだら、いつものピストンできなくなって、あたしのちっちゃまんこに吸いつかれて、おじさん、ドーテーみたいにイっちゃうんじゃね？　あははっ、そーだよ、そうに違いないって♪　ざっこいちんぽに逆戻りしちゃうって♪」

……これは、いいよな。今日は、甘やかさなくていいヤツだよな。

あれだけ挑発してきたんだ。美沙も、俺になにをされても文句は言えない。

そのとき、ちょうど時計の短針が真下を差した。

図らずも、お膳立てが整った。当然のように、ふたりの足は寝室へと向いた。

「なーに、いきなりするんだ？」

明確に挑戦を受けて、俺も血がたぎっているんだろう。

ベッドに入った途端、剥ぎ取るように服を脱がせるくらいには興奮している。自分も早々にちんこを出して、甘く勃起した先端をすべすべしたお腹に擦りつけていく。

「うっわ、ちんぽイキってる♪　もうヤる気マンマンじゃん。てかあたしに搾られたくてボッキしてるんだから、ヤられる気マンマンなのかな？」

「言っとけ。お前だって、ちっちゃまんこ濡らしてるくせに」

大人のちんこと、小さめな膣口のアンバランスさは、いつ見ても背徳感たっぷりに俺の目へと飛び込んでくる。

この光景を見て、入れてしまったらまずいのでは、とためらうことがなくなったのは、いったいいつからだろう。

「ね～ぇ、早く～。雑魚ちゃんに、雑魚ちゃんだってわからせてあげるからぁ～♪　はやく、名誉ドーテーのマゾちんぽ、奥までずぶ～って突き刺してっ♪」

小さなお尻を軽く左右に振って、更にこのガキが誘ってくる。

挑発が実態を伴って、ますます過激になってくる。

……これは、もしかして……と思うところがあった。が、今は指摘しないでおこう。

まずは、この背伸びしっぱなしのちっちゃまんこに、名誉童貞とやらの本気を味わわせることが先決だ。

「そんなに言うんなら、今日はお前が上になれよ」

「へ？　ねぇねぇおじさん、さっきのあたしの話聞いてた？　やったことない体位でセックスしよーよって言ったよね？　騎乗位とか、それドーテー捨てさせてあげたときにやったじゃん」

「じゃあ、美沙が後ろ向きになればいい。背面騎乗位って、普通にある体位だから」

「お？　なるほどなるほど？　なんかいいかもっ。向き変えると、ちんぽの入り方とかもカンジ違ってきそうだし、キモチよさそう♥」

「……ん？」

「えっ？　あっ！　ち、違うかんね？　おじさんがすぐにキモチよくなっちゃいそうってコトだかんね？」

まぁ、そういうことにしておこう。

もしかしてと思ったところが、徐々に確信に変わりつつあるけど、これはもう少ししてから指摘したほうが面白そうだ。

「おっけ♪　じゃあおじさん、寝て？　すぐに雑魚ちんぽ、イかせたげるから♪」

言われたとおりに横たわると、鼻歌交じりに美沙がまたがってくる。

小ぶりのお尻を軽く持ち上げて、ちんこを呼び込んでいくところを間近に見ることができて、余計に股間へと血が集中していった。

「ほら、いくよー。入ってっちゃうよ♪　んっ……ふ、んぅ！　く、くぅうぁあっ！」

美沙が位置を合わせる。鈴口がスリットに埋もれたところで、一気にお尻を落としていく。深いところまで亀頭が入り込み、ちんこが根元まで、温かくて狭くてぬるぬるした空間に包まれていく。

いつもの手応えが、快感を引き連れて、全身に響きわたる。

正直、挿入はそれなりにスムーズにできるようになったものの、セックスの快感はまだまだ慣れたとはいいきれない。

この小さな穴の苛烈な締めつけには、気を抜くと一気に絶頂まで持っていかれてしまう危険性がある。

「はっ、はぁっ……♥　あは、すっご……圧迫感パない……♪」

「大丈夫か？　いきなり子宮口までいっただろ」

「にひひっ、おじさーん？　あたしの心配してる場合ですかぁー？　ほらほらぁ、名誉童貞のマゾちんぽちゃんが、根元からぶるぶるしてよがっちゃってますよぉー？」

挿入した後、深く繋がったままの状態で、美沙は腰を前後に揺らしてきた。

動きそのものは小さく地味だけど、骨盤を俺の腰に擦りつけられると、じわじわと快感が上乗せされていって、ちんこの芯が更に硬くなっていくのがわかる。

「はっ、んんぅっ……！　ちょ……おじさん、めっちゃガチガチじゃん。これ秒殺されちゃうヤツなんじゃない？」

「そこまでひどくはないだろ。俺だって、セックスの経験値はお前で積んでるから。というか、美沙こそちゃんとできるのか？　騎乗位なのに、まだピストンしてないぞ？」

「う、うっさいな。今するっての」

んっ、という甘い声。

僅かに浮いて、すとんと落ちる小ぶりのお尻。

にちゅ、という水音が一つ。

今、美沙のちっちゃまんこが、肉棒を一回、ゆっくりとしごいた。

「……っ！　ふ、ふぁ、あんっ……♥」

また繋がりが深くなったところで、美沙がぶるりと背筋を震わせる。

「おーい、美沙ー？」

「っ……だ、だいじょーぶ……続ける、からっ……ちゃんと雑魚ちんぽ、めろめろに、しちゃうからっ……♥」

また、ちっちゃまんこが、ゆっくりと上下していく。

ゆるりと腰を上げて、すとんと落とす。その繰り返し。

にち、にち、といやらしい音。おまんこの中で、愛液がちんこにまとわりついてくる。

背面騎乗位の性質上、こいつの表情はうかがい知ることができない。きっといい具合にたぷたぷ揺れているであろうおっぱいも、視覚で楽しめはしない。

けど、そのぶん、背徳感というパラメーターが急上昇している。

吐息を湿らせながら、腰を上げ下げする美沙。ませガキとはいえ、まだまだ自分が上になって動くという経験は少ないから、ピストンもぎこちない。

ボディラインの中で、唯一成熟しているおっぱいが俺から見えないことで、こいつの少女感が増す。しなやかとは言えない腰つきも、俺より一回りも二回りも小さなお尻も、余計な縮れ毛など一本も生えていない土手まわりが見え隠れするのも、今俺の目に映っているものは、こいつの年齢相応のものばかり。

本当に俺がいま、いたいけな少女に、大人の凶悪なフォルムのちんこを突っ込んでいるんだな、ということを自覚させる。

「んっ……ぁ……ひぁっ……♥　ちょ、ムリ……はぁ、はぁっ……」

すると、その小さなお尻が止まってしまう。

無理、というつぶやきを聞かなかったことにして、少し意地悪をしてみよう。

「どうした。俺の名誉童貞的なちんこ、イかせるんじゃなかったのか」

「ちょっと休んでるだけだってば。そんな急かさないでよ」

「まだ動き始めたばっかりだし、そんな休憩、必要ないだろ」

「っ、でも……おちんぽ、今日、めっちゃでかいし……これ、お尻落ちたら、めっちゃ奥に当たっちゃうしっ……」

「ん？　今なんて？　声が小さすぎて聞こえなかったぞ」

「うっさいうっさい！　なんでもないったら！」

どうやら『わからせ』の勝負は、今日も俺の勝ちのようだ。

俺の中では、ここからは構い倒してやる場面だ。

「美沙。ピストンじゃなくてもいいぞ。腰回すくらいでも、俺、すごく気持ちいいから」

「っ……しょ、しょーがないなー。そういやおじさんって、そーゆーのも好きだったよねー。まんこの入口で、サオの根元ぐりぐりしちゃうみたいなヤツ……」

恐らく、こいつにピストンはまだ早い。

腰の使い方もそうだけど、はじめからいきなり上下運動をしてしまうと、刺激が強すぎて満足に動けないんだ。

だから、このちっちゃまんこでも確実にできる腰使いへと誘導してやる。

「にひひっ……♥　雑魚ちんぽ、ぐりぐりして、やるんだからぁっ……あ、ふぁ……！　ん、んぅ、ひぅ……♥　くぅ、んんんっ、んんんぅうっ……♥」

右回転を三回、四回。左回転に切り替えて、また三回、四回。

性器同士がじゃれ合う感覚。よりしっくりと、ちんことおまんこが馴染んでいく。

「はっ、はぁっ……あ、あ、あっ……♥　やばっ、おじさんのちんぽ、やばっ……こんなんだっけ……こんなにすぐ、ジンジンしてきちゃうんだっけ……」

自分の快感の高まり具合を、つぶやきで暴露してしまう美沙。

本当にメスガキな部分もあって、今でも毎日俺の手を焼かせているけど、最近はこうやって、こいつ自身も気付いていないようなエロさと可愛さ、そして素直な感情を外に出してくれるから、俺もさらにやる気になる。

そのエロさと可愛さを、もっと見たくなる。

美沙がすんなり俺の言うことを聞くように、言葉に工夫をする。

「……美沙、そろそろ俺も、我慢できなくなってきた」

「ん、ふ、ふぅ……♥　えへへ、な～に？　ガマンって、なにが？」

下手（したて）に出つつ、よりエロい方向に誘導していく。

「俺も動いていいか？　ちっちゃまんこで、ちんこしごいてほしいんだ」

「え、えへへ♥　そんなに、あたしのちっちゃまんこが好きなの？」

「ああ、好きだ」

「おまんこの入口だけじゃなくって、おまんこぜーんぶ使って、ちんぽじゅぷじゅぷしてほしくなっちゃった？」

「ああ。こうやって繋がってるだけで、ひだひだが気持ちよさそうだなとか、美沙の奥に当たってるとか、そういうのがわかるんだよ。俺のちんこ、美沙のおまんこが好きすぎてうずうずしてるんだ。だから頼む、もっと美沙を感じさせてくれ」

『下から突き上げてやる』を、美沙が聞き入れるようにアレンジするとこうなる。

俺の口調から、若干の情けなさがにじみ出るけど、そこはそれ。逆に名誉童貞っぽさが表現できるから、より美沙に通じるようになる。

「にひひっ♥　んじゃ、いーよ。でもでもっ、おじさんが動いたら、すぐにせーえき、びゅっびゅ～って出しちゃうと思うケドね～♪」

「そうならないように、頑張ってみるよ」

「くすっ。ドーテーちゃんは、意気込みだけは立派なんだから♪　んっ、あんっ！」

お許しが出たと判断して、腰を弾ませる。ベッドのスプリングを味方につけて、ゆったりと、しかしリズミカルに、ちっちゃまんこを突き上げていく。

「ひぁ♥　くぅうっ！　ふぁっあぁあっ、あ、ぁ、あ、あぁああっ♥」

甘い声。セックスに感じ入っている声。

大人のちんぽを咥え込んで、大人のちんぽでよがってしまう少女。

膣内は口の悪さとは対照的に、健気に竿を締めつけてくる。気持ちよくなりたい、気持ちよくして、と、ひだひだがちんこにじゃれついてくる。

「あぁっ、んぁっふぁあっ、ひ、ひぁ、あはぁあっ！　おじさんの、おちんぽっ♥　あたしの膣内、いっぱいにっ……お、奥まで、ずん、ずんって♥」

「すごいな、美沙の膣内……俺も、めちゃくちゃ気持ちいい……」

「あは♥　でしょ、でしょっ？　こんなの、キモチよくないわけないもんっ……♥　もうおじさんのおちんぽも、あたしのおまんこも、セックスがキモチいいってわかってるし、わからされちゃってるもんねっ♥」

「美沙も、いっぱい感じていいんだぞ」

「ふぁ、あんっ♥　え、えへへ、少しくらいは、感じてる、ケドっ……おじさんのほうがヤバいっしょ……♥　もう、雑魚ちんぽがちっちゃまんこに降参して、せーえき出させてくださいーってぶるぶる震えてるよ？　ほら♥　ほらほらっ♥」

確かに、俺のちんこは興奮しきっている。そして、その興奮がしっかり伝わるくらい、美沙のおまんこもちんこと触れ合い、擦れ合って、快感にとろけきっている。

「ほぉらぁ♥　もっと欲しいんでしょ？　ドーテーちんぽちゃんはドヘンタイだから、ちっちゃまんこがだ〜い好きで、ぬるぬるのひだひだ、いっぱいいっぱい、ぐちゅぐちゅにかき回したいんでしょ？　ほらほら、してみなよ♥　しちゃおうよ♥　いっつもみたいにずん、ずん、ずんってして、おちんぽ震わせてアへっちゃえ♥」

客観的に見ると、ぐちゅぐちゅになっているのはちっちゃまんこのほうだ。

愛液の量が半端ない。俺の腰回りをじっとりと濡らすだけでは飽き足らず、シーツにまで透明な蜜が垂れ落ちて、染みを作っている。

当の美沙も、俺の下からの突き上げを利用して、重力に任せて腰を落としているだけ。自分から精を吸い取る動きではまったくなくて、俺にされるがまま。

「えへへ♥　びゅっびゅしちゃう？　んっ、ふ、ふぁ、ひぁあっ……もうすぐ、出ちゃいそう？　だよねだよねっ、ふぁ、あんっ♥　ちっちゃくてぬるぬるのおまんこにずぼずぼして、いっちばん奥でシャセーしたいよねっ♥」

しきりに俺を煽ってくる、ませガキ成分多めの美沙。

けど、腰を弾ませ、甘い声を漏らしながらの煽りはむしろ逆効果で、俺にはそれがおねだりに聞こえてくる。

つまり。

もっとおまんこずぼずぼして。一番奥で射精して。

……という風にお願いされていると、俺には認識できる。

「あは♪　ほらほらっ、もっと……んっ、く、くふぁっ♥　ひゃぅうっ♥　あ、ぁ、あ、やば、そこっ……すごいトコ、めっちゃ、きてっ……ひ、ひぃぃぃぃいんっ♥」

「……美沙？　お前、もしかして……」

「……っ♥　ふぁ、あ、あっ……♥　な、なに？　あたし、イってない、よ……？　あ、あは、やだなぁっ、雑魚ちんぽ相手にしてんのに♥　自分だけイくはずない、じゃんっ♥　そんなワケ、ないじゃんっ♥」

声が震えている。おまんこも震えている。

もしかして、と俺が疑問を投げかけただけなのに、自分からイってない、と口を滑らせたことに、彼女は気付いていない。

絶頂の深さはわからない。

けど、美沙はまったく、自分がイっているのを隠しきれていない。

「ば、ばーか♥　おちんぽ早くイっちゃえって、ひ、ひぅ、あぅ、くぅうんっ♥　し、締めつけて♥　あげてんの♥　それ♥　おまんこイってると♥　ドーテーちゃんは♥　勘違いしてんじゃ……う、うぁ♥　や、ちょ、また……きゃぅうっ、ふぁ、あひぁあっ！」

もう、ここまでくると、愛おしさしかなくなる。

本人が認めないだけで、快感は連続絶頂するところまで極まっている。自分がわからせてあげると言い続けて、ちんこが射精するまで健気に俺を煽りまくる。そんなだから、おまんこはもうちんこにきゅうきゅうと吸いついて、奥へ奥へと亀頭を呼び込んでしまう。

美沙自身、自覚しているかどうかは微妙だけど。

そうやって我慢して、俺を煽れば煽るほど。

美沙のおまんこは、健気になって、俺に従順になって、もっともっとエロくなる。

「はっ、はっ、はぁっ♥　んひっひぁああっ♥　や、ぁ、あひ、んひっひぃぃぃいいんっ♥　ほ、ほら♥　ほらほらぁ♥　あ、あひ、んひぃいっ♥　雑魚ちんぽ、イっちゃいそ♥　おまんこの奥で、あたしに甘えちゃってりゅ♥　ぐりぐり擦りつけてきちゃってりゅ♥　びゅっびゅしたがってりゅ♥　そうらよね？　そうらよねっ？」

「っ……美沙……気持ちよすぎだぞ、お前の絶頂まんこ……」

「ひぁ、ふぁ、あひぁあっ♥　え、えへ、ぜっちょーしてるって、かんちがい、してりゅみたいらけろ♥　ゆるしちゃお♥　あは、らひて、いーよ♥　あらひ、ぜーんぶ吸い取ってあげりゅから♥　あ、ふ、ふぁ！　そ、そう、もっと、ずん、ずんってして♥　奥に、奥にぃっ♥」

誘導に乗って、膣奥を抉る。

いつもと同じように、あるいはいつも以上に、子宮口にぴったりと鈴口をくっつけて、自分の欲を解き放つ。

「く、くぅ！　美沙、出るっ！」

「ふぁあっ、んぁぁぁあッ♥　あ、あは、せーえき、でちゃうんだ♥　じゃああらひも、いっしょにイって、あげよっ、かなっ……♥　ん、んぅ、きゃぅううっ、ひ、ひぁぅっ！　あ、ぁ、あ、あ、やばっ、これ、やばっ……！　んぎっ、きゃぅぅぅうっ！　ひぐっ、んぐっくぅぅぅうぁあっあぁあああああああ〜〜〜〜〜〜ッ！」

深い深い絶頂が、今までで一番長い、獣の叫びのような喘ぎ声になって現れる。

射精を受けた美沙が、腰を跳ね上げる。受け止めきれなかった白濁液が、ぶしゅっと卑猥な音を上げて繋ぎ目から噴きこぼれる。

「あ……ふぁ、あぁ……すごい、いっぱいぃ……♥　おちんぽ、イって、せーえき、あふれてる……♥　うぁ……もったいない……♥」

全身を震えさせるだけで、もう指一本動かせない状態の美沙。

上半身を起こして、その華奢な身体を抱きとめる。

「今日も、引き分けかな？」

「……えへへ♥　いっしょにイっちゃったからね♥　引き分け……だよね♥」

勝敗はそういうことにしておきつつ、そっと振り向かせて軽くキスをする。

美沙は上機嫌で、俺にもたれかかってきた。

──『7月16日』

『ホントは、キモチイイから、もっとしたい』。

おじさんと、また、セックスした。

キモチいい。おじさんのちんぽ、キモチいい。

バレてるのかな。これ。

あたしがもう、おじさんのちんぽ、好きになっちゃってるコト。

てか。

おじさんって、あたしのこと、どう思ってるんだろ。

今日、一瞬、ドキッとしたんだよね。

おじさんが、親にあたしのこと紹介する～みたいなコト言うから。

もしかして、あたしと付き合ってますって報告すんのかな、とか。

もっともっと進んで、お嫁さんにしますって親に紹介すんのかな、とか。

思ったの。思っちゃったの！

あいつ、あたしのコト好きなんじゃないの？

毎日セックスしてんだもん。あたしのことキライだったら、そこまでしないじゃん。

そりゃ、イジワルすると、もっとイジワルしてくるケド。わからせると、その倍わからせられちゃうケド。

そーゆーの全部ひっくるめて、あいつはあたしのコト好きだって思ってたんだもん。フツーはそうなんじゃないの？　違うの？

あとあと、あいつ、必ずあたしがイった後、キスしてくれるし！　あれされると、あたし頭ふわ～ってなる。どんなにイジワルされても、最後に、あ、あたしに気ぃつかってくれてるんだってなって、すっごいシアワセになる。

これ、ゆきねぇに相談したら、なんか、あちゃーって顔された。美沙にはセックスとか
早かったかーって言われた。

でもその後……大切にされてるって思えるんなら、はっきり好きって言っちゃえば？って。あたしに告白しろって。ゆきねぇ、そんなアドバイスしてきたんだよね。年の差だってあるんだし、関係はっきりさせとかなきゃ、遅かれ早かれ終わるよ？　って。

……それは、いやだ。

おじさん、あたしのコト、見てくれるもん。

おじさんだけだもん。あたしにあんなに、優しくしてくれるの。

うちの親みたいに、あたしのコトほっぽったりとか、しないもん。

だから……ヤだ。おじさんとの繋がりが、なくなるのだけは、ゼッタイ、ヤだ。

そんなこんなで、学生たちは夏休みのシーズンに入った。

宣言どおり、俺の家における美沙の行動パターンは、ほぼ変わらなかった。

ただ、あいつのことで気になるのが、その振る舞いだ。

俺のことを、目で追うようになった。

リビングでソファに寝っ転がり、ポテチを片手にジュースを飲んでいるときも、気付くと俺の背中に視線が刺さっている。

それも、なにか言いたげの。

こっちが振り向くと、視線を逸らす類の美沙の心情に、心当たりがある。

数十年前の自身の体験が、そのまま当てはまる。

初恋、だ。

先生とか先輩とか、そういった人に初めて好意を持ったときにする態度だ。

恋というものを認識するのも初で、人を好きになったときにどんな思考パターンになるのかもおぼろげで、それでもその人に構ってほしくて、でもきっかけが掴めない。なにをどうしていいかわからずに、時に気を引くために突拍子もないことをしてしまう。

こいつの場合、その突拍子のなさがさらにずば抜けていて、それが貞操概念の薄さと、自身を省みないセックスに繋がっている。

……などと推察したところで、日常がどうなるというものでもないけど。

そして、7月も最終盤にかかった、とある日。ちょっとした事件が、起こった。

「おじさん」

「ん？」

「今日、どうする？　やっぱ6時過ぎ？」

「んー……今日はなしにしておこう」

「へっ？　えっ、あれ、あたしの聞き間違い？　なしとか言ってないよね？」

「だから、なし。悪いけど、美沙に構い過ぎて仕事が押してるんだ。早々に仕上げないと周りにも迷惑がかかるし、今日は仕事に集中させてくれ」

「ええーっ？　なんでなんで？　おかしいよ、雑魚ちんぽがセックス我慢できるわけないじゃん！」

「それを、どうにかして我慢してるんだよ、俺も」

「うそうそうそ！　できないもん、雑魚ちんぽ、あたしのちっちゃまんこ大好きだもん！おじさんロリコンのドヘンタイだから、セックスしたいに決まってるもん！」

『今日はセックスなし』というだけで、美沙の猛抗議が飛んできた。

しかもこいつ、ちょっと涙目になっている。

快感を得る得ないという領域を超えた、必死さを感じてしまう。

「美沙」

落ち着くようにと、名前を呼んでみる。

美沙は顔を伏せて、俺が伸ばした手を払いのけた。

「やだ。おじさん言い訳するもん」

「美沙」

「やーだ！　セックスしてくんなきゃやだーっ！」

今度は、じたばたと暴れ出す。当然、俺が近寄ろうとすると逃げる。

捕まえても、足を踏んでもう一度逃げる。

久しぶりに、手の負えないガキ感満載の美沙を見た。

しかも以前は、仕事があるからという理由でエロいことを拒否しても、ここまで暴れなかったのに。

どう対処すればいいだろう。やっぱり、古くさい手だけど、こうするしかないか。

「美沙」

もう一度、呼び止める。

こいつがもう一度、俺の手を払いのけようとしたところを、逆に手首を掴んで抑え込みつつ、強引にこちらを向かせる。

そして、古くさいドラマのように。

小さな唇を、強引に奪った。

「んんっ！　ん～！　ん～！　んむぅぅぅ～っ！」

じたばたと暴れる力が、少しだけ弱まる。

俺の手の内から逃げるような仕草は、しなくなった。

「っ、ぷぁ！　うぅ～！　キスすればごまかせるって思ってる！」

「誤魔化してるわけじゃない。一日くらいセックスしなくっても、俺と美沙の関係は変わらないって言いたかったんだ」

「それがどーして、キスになるのさ」

「どうしてって、キスってそういうもんだろ。なんて言うか……特別な相手にしかできない、特別な感情表現みたいな」

「なにそれイミフ。てかキスじゃなくてセックスしよーよ」

「だから、できないって言ってるだろ」

「うぅ……うぅぅ……！　おじさん、もう飽きたんだ！　あたしのおまんこ飽きたんだ！　捨てるんだ、そーやって！　もう俺には関係ないですよーみたいな顔して！　ドーテーのくせに！　ちっちゃまんこにイかされまくってたくせにーっ！」

「飽きてなんかない！　てか、声がでかすぎる！　話の内容を考えてくれ！」

……こんな堂々巡りが、その後、10分ほど続いた。

その時間で仕事を進められたら、美沙に構ってやれる時間がどんどん増えるのに……と考えたけど、女の子の感情は、特にこの美沙という少女の頭の中は、そう簡単に物事を割り切れるようにはできていないらしい。

結局、こいつを振り切る形で、仕事部屋に戻る。

パソコンに向かって、ディスプレイににらみを利かせながら頭を切り替える。

そう。切り替えようとしたんだ、俺は。

バタンと、後ろで扉が開くでかい音がするまでは。

「えっ、美沙？　なんで扉、開いてるんだ？」

「部屋、鍵かかってなかったし。てか鍵かかっててもぶち破るつもりだったし」

どうやら、美沙のことを考えすぎていて、施錠を忘れていたらしい。

自分の浅はかさを後悔しているうちに、美沙はすたすたと部屋の中に入ってきた。

「ばかお前、俺の仕事部屋には入ってくるなって言っただろ」

「知らない。パソコンの画面、見なきゃいいんでしょ」

「そうは言ってもな。出ていってくれたほうが、俺としても助かるんだけど」

「出ていかない。てか、実力行使する」

俺に迫ってきた美沙。

しゃがんだ彼女が、ズボンに顔を寄せてくる。

「美沙、やめろって」

「やめない」

「だから」

「だから、じゃなくって。てかおじさんは仕事しててよ。あたしフツーに、雑魚ちんぽフェラして遊んでるからさ」

もう、めちゃくちゃだ。

ためらいなく、美沙はズボンの膨らみに頬ずりして、舌を這わせてくる。

その表情はエロくもあり、なのに必死でもあった。

なにより、瞳が潤むのも、涙を我慢して鼻をすするのも、声が震えているのも、全部隠しきれていない。

美沙の、生の感情が、ストレートに俺にぶつかってくる。

「美沙」

いくら名前を呼んで、制止しようとしても、こいつは俺の股間から離れようとしない。

手で頭を押し、顔をズボンから引きはがそうとしても、足にしがみついてくる。

「美沙」

「やだ」

「俺、今日はセックスするのは我慢してくれって言ってるだけだぞ」

「やだってば」

「俺は美沙のこと、嫌いになったりしてないから」

「口ではなんとでも言えるもん」

「俺も働いてる以上、仕事に支障をきたすレベルのサボりは許されないんだよ」

「聞きたくない」

「仕事が終わったら、いくらでもしてやるから。お願いだから、言うことを聞いてくれ」

「やだ。ゼッタイやだ！」

「美沙」

「やーだー！　もう、もうっ！　いっつもそう！　大人ってそうやって、仕事を言い訳にすりゃいいと思って！」

さすがに、イラッときた。怒鳴りそうになった。

いい加減にしろ、と大声を上げて、こいつを叱り飛ばしそうになった。

こういうときは……6秒待て……だっけか。

怒りの感情は、最初の6秒を我慢すれば、それこそ喉元過ぎれば熱さを忘れるということわざのように引いていく……という話がある。数年前、社内ハラスメント防止がどうこうという目的で、強制的にセミナーを受けさせられたときに聞いた話だ。

だから、最初の6秒で怒鳴らないように、深呼吸。

吸って。吐いて。

落ち着いて。

そして。

美沙が吐き出した言葉の意味を、考えてみた。

こいつを『構い倒してやろう』と決めてからは、とにかくスキンシップを優先してきた。

セックスと仕事を天秤にかけて、仕事を取ろうとしたのは、今日が初めてのはず。

なのにこいつは、いつもそうだ、と言った。

……人様の家庭事情に、あまり踏み込むつもりはないけれど。

こいつの親は……いつも、そうなんだろうな、と感じた。

仕事優先で、美沙のことを考えていなく、もう大人でしょ、などと適当なことを言って面倒を見ないでいるんだろうな、と。

実際……こいつのおっぱいは、大人すぎるけど。

でも、他はまだ、ガキっぽいし。

なにより、思春期の少女の感情は、放っておいていいものではない、と思う。

こいつが俺に、親の代わりを求めているのか、男としての振る舞いを求めているのか、あるいはその両方なのかはわからないし、どちらでもないかもしれない。

けど。

この、だだをこねる困ったガキを、どうにかしなければいけないのは確実だ。

逆にチャンスと捉えるならば。むしろ、いろいろとなぁなぁで済ませていることを、すっきりさせるいい機会なのかもしれない。

「わかったよ。じゃあ、相手してやるから」

「えっ？　おじ……さん？　なにして……きゃっ？」

脇の下に手を通して、美沙を引き起こす。

パソコンチェアに座った俺と、立っている美沙の唇同士が、同じ高さになる。

その小さな唇に、ちょん、とキスをして、俺も気持ちを切り替えた。

「お前がしたいセックスを、今からするぞ」

「え？　えっ？　どうしたの、いきなり」

「仕事をするのは諦めた。後でお前が帰ってからすることにした。だからする。思いっきりセックスしてやる。そんな、目に涙をためながらちんぽ欲しいってお願いされたら、断りきれないしな！」

自分の心から、理性を引きはがす。

同時に、ある作戦を実行する。

諸刃の剣でもあり、相当に恥ずかしい作戦ではあるけれど。

　これが決まれば……美沙は、もっと素直になってくれるはず。

「一つ、提案がある。いつもはどっちがイくか、どっちがわからせてやれるかみたいなことでセックスの勝負みたいになってるけど」

「……いつもおじさん負けてるけどね」

「違うだろ！　引き分けだろ！　というか、そこで話割って入ってくるのかよ」

　ほんの少し、いつもらしい美沙が戻ってきて、ほっとする自分がいる。

　この調子で、俺も頭のネジを緩めよう。

「で、だ。今日の勝敗は……相手のことを好きと言った回数で決めることにする」

「へ？」

「だから、相手のことを好きと言った回数で」

「ちょ、え、えっ？　なに、おじさんイカれたの？　すっごいイミフなんですケド」

　頭のネジを、ゆるめよう。バカになろう。

　本当のことだけど、いつも口に出せない、たった一つの単語だけど。

　バカにならなきゃ、言えるもんか。

　しらふでこんなに、連発できるもんか。

「ちなみに俺は、美沙のおっきいおっぱいが好きだぞ」

「ああ、そういう……いやいやいや、ちがうちがう！　やっぱなんかちがう！」

「美沙の小ぶりのお尻も好きだし、もちろんちっちゃまんこも大好きだ」

「……うっわ、直球……エロオヤジ……」

「抱きしめたときの、石けん？　ボディソープ？　そういう、香水とかに頼ってない自然な匂いも好きだし」

「……ちょ……いつまで続くのこれ……」

「小さい唇も好きだ。フェラしてくるときの唾液に濡れたエロい唇も好きだけど、セックスの最後にするキスが好きだ。確か一回、美沙のほうからキスしてくれたときがあったよな？　あれ、めっちゃドキドキした。美沙の唇がもっと好きになった」

「うっわ、ちょ！　もうやめて、なにそれ、なんだこれ！　ハズいから！　めっっっちゃハズいから！　てか勝手にルール決めて進めんな！」

「唇が好きって言われて、動揺して赤くなる美沙も好きだぞ」

「〜〜〜〜〜〜ッ！　なんだこれ！　やめろ、もうやめろーっ！」

耳まで真っ赤にした美沙が、俺の手の内で暴れる。

でも、もう抱きしめているから、逃れられないし、逃さない。

もう、決めたんだ。

さっきまでの流れで、ただセックスをして美沙をなだめて、身体の関係を保ったとしても、なにも変わらない。

心を、わからせないと。

抑制の利かない、ねじくれたこいつの心に、わからせてやらないと。

セックスをしたくないわけじゃない、と。

そして、美沙とセックスをしたい理由を。

「そんな美沙のちっちゃまんこに、ちんこを突っ込むセックスは、本当に大好きだ。したくなくなったわけじゃない。飽きたりなんか、するわけがない」

「えっ、あっ、ちょ、おじさん……っ」

素早く、美沙の服の下を脱がせる。

俺もちんこを取り出して、小さな身体を抱っこする。

「わからせてやるよ、美沙。俺のちんこが、どんなにお前を大好きかって」

強引に足を開かせ下着をずらすと、膣口へと亀頭を寄せて、美沙の腰を支えていた腕の力を抜く。すとんと落ちる、小さな身体。椅子に座ったまま、俺たちは繋がっていく。

「ひ……ぁ、あ、ふ、ふぁぁあぁあああっ！」

そう。繋がっていくと、思いたい。

俺は、身体だけでなく、こいつの心も繋ぎ止めたいと、真剣に考えている。

「あ……あっ……ちんぽ、するって、入ってきた……すっごいすんなり、奥まで……てかすっごく硬くて、熱いん、ですケドっ……」

「当たり前だ。美沙のこと、大好きだからな」

「うぅ、さっきまであんなに、したくないオーラ出してたくせに」

「それを言われると、困るけど……まぁ、覚悟したからってところかな」

「覚悟って」

「お前のことを全部知る覚悟を、ってとこかな」

今日、俺の中で。

『構い倒してやる』の有効期限が、伸びた。

美沙が俺に飽きるまで、ではなく。

俺が美沙に飽きるまで、だ。

そして俺は、この唯我独尊なくせに超絶寂しがり屋なメスガキに飽きることは、恐らくないだろう。

「動くぞ」

「えっ、あっ、ん、んんんぅっ！」

軽く下から突き上げて、ちっちゃまんこからちんこを引き抜く。

埋め戻すのは重力に任せつつ、美沙を揺さぶっていく。

「はっ、ふ、んぅ、くぅぅうんっ！　おじさん、いきなりガッツリ動いてきてるしっ……もう、必死すぎ……♥　ふ、ぁ、んぁぁぁあっ……！」

狭い膣内を、ちんこがスムーズに行き来する。

すぐにお互いの腰のスピードが合って、カリ首とひだひだが無駄なくしっかりと擦れ合っていく。

「ふぁ、んぁっ！　ひ、ぁ、あはぁあっ♥」

「ほら、こうしてほしかったんだろ？」

「そ、そう、だけどっ……おじさんだって、こうやってあたしとしたかったくせにっ……あんなガマンして、そーゆーの、マジでいらない、からっ……！」

「わかってる。俺も、柄にもないことをしたと思ってるよ」

ピストンから円運動へと、腰の動きを変える。

そして、抱き寄せて、キス。とろけるような、甘い甘い口づけ。

「ん♥　んぅ♥　んく、ちゅ、ちゅぷっ……♥　ふっ、く、んむぅうっ……♥」

キスの邪魔をしないように、おまんことちんこがゆるゆるとじゃれ合うような腰使い。そのぶん、舌を絡め、唾液を交換して、お互いに口腔を舐め回す、自分が思いつく限りのえっちなキスを続けていく。

そのまま、数十秒。あるいは数分。

唇を離したときは、美沙の瞳がとろとろになっていた。

「っふぁ……♥　あふ……ちょ、頭、くらくらするんですケドっ……」

「ごめんな。美沙とするキスが大好きすぎて、加減できなくなった」

「ほんっと、おじさん必死すぎ……でもなんか、そういうおじさんもアリってゆーか、キライじゃない、みたいなカンジ？」

「……美沙？　その言葉のチョイスでいいんだ？」

「へ？　なにが？」

「ちなみに俺、もう十回以上、お前のこと、好きって言ってるぞ」

「えっ？　ウソ、マジであの勝負してんの？　それ続いてんの？」

「当たり前だ。そんな冗談、俺が言うわけないだろ。だってほら、ちんこに吸いついてきてくれるおまんこも好きだし、しっかり根元を締めつけてくれる入口も好きだから」

「っ！　だ、だってほらって、なにがって話だし！　そんなコト言われても……」

「おまんことちんこが擦れるたびに、目の前でめっちゃ揺れるおっぱいも好きだ。な？　ほら今、俺、三回プラスしたぞ」

「〜〜〜っ！　よ、よくそんなコト、すらすらと言えるよね」

「好きなヤツのこと、好きって言ってるだけだし。なにより嘘じゃないからな」

腰の動きを、回転からピストンに戻す。

さっきよりもストロークを深く、ゆったりと、でも奥まで確実に届くやり方。美沙が好きなタイプの抽送で、おまんこの奥を小突いていく。

「んぁっ、ひ、ひぁ……♥　あ、あ、あっ、おじさんっ……」

そして、耳元で囁く。

助け船を出す感じで、美沙をエロく誘導する。

「美沙って、こんなピストンが、好きなんだっけ？」

「っ……うぅ、おじさん、それ、すっっっごいイジワル……」

「なにがだ？　ただ俺は、大好きな美沙が大好きな動きを、してやりたいだけだけど。それに、このままだと好きって言っちゃう勝負も俺の勝ちだし、おまんこのほうが先にイっちゃいそうだし、今日は美沙が一気に二つも負けることに……」

「うぅぅぅっ、あぁ、もうっ……！　あたしが！　あたしがおじさんに！　そんな勝負で負けるワケないじゃん！」

美沙の心に、火がついた。

俺にキスをしてきた美沙は、今まで見たことのない顔をしていた。

目の中がぐるぐるで、頭から湯気が出そうなくらいに頬や耳、額まで真っ赤にして、涙目でちょっと怒っているようだけど、嬉しそうで楽しそうでゾクゾクきていそうな、そんな表情。

心の中で、握りこぶしを作った。成し遂げた、と思った。

こいつの理性を引きはがしてやった、確かな手応えがあった。

「あ、あたしだって、おじさんの雑魚ちんぽ大好きだし♥　ちっちゃまんこがだ〜い好きな名誉ドーテー雑魚ちんぽで突かれるの大好きだしっ♥　イかせるのだって大好きだし、おじさんにイかされるのだって、すっごくキモチよくって大好きなんだからぁっ♥」

「……はは。じゃあ、どうしてほしい？」

「えへへ♥　おじさんは、そのままでいいよっ♥　あたしが感じちゃう、大好きなヤツ、してくれてるもん♥　ほら、ずしん、ずしんって、ゆっくりだけど思いっきり奥まで届くヤツ♥　だから……ふ、ふぁっ……あ、あんっ……！　あたしが、もっと……♥　もっと動いて、あ、ひ、ひぅうっ！　うごいて、雑魚ちんぽ、ごりごり、ぐちゅぐちゅしてあげるっ……♥　大好きなちんぽ、おまんこで大好き大好きってしてあげりゅっ♥」

より大胆に、ふたりが交わる。

俺の手の内にすっぽりと収まるくらいの小さな身体が、大胆に動く。

じゅぷじゅぷという水音が、ひときわ大きくなる。

美沙が自分でキャミソールをたくし上げて、おっきなおっぱいを晒し、更にそのまま俺に抱きついて乳房を押し当ててくる。

「っ、うわ、すげ……！」

素直な言葉が、思わず漏れる。

俺にとっても、この対面座位という体位はやばい。

実際、いつもと比べても快感の高まりが早い。密着度の高さはもちろん、いろんな美沙を感じることができて、それが全て興奮に繋がっていく。

何度もキスをしている小さな小さな唇は、あどけないのに。

そこから漏れる喘ぎ声は、大人顔負けの艶っぽさを持っている。

肌のすべすべ感は、ガキ特有のものなのに。

むっちりとしたおっぱいは、俺の腕の中で卑猥に形を変えている。

小ぶりのお尻も細い腰も、未成熟な曲線そのものなのに。

その腰つきは極限までエロく、ちんこの動きにぴたりと合ってくる。

大人のちんこなんて入りそうもない、小さな小さな穴なのに。

美沙のおまんこは、俺の肉棒を根元まで咥え込んで放さない。

「あは♥　おじさん、どしたの？　あ♥　あたしのちっちゃまんこ、もっとも～っと好きになっちゃった？　あは♪　ちんぽぶるぶるしちゃってるよ♪　腰も必死で、あたしのコト、ガシガシ犯しちゃってるよっ♥」

「ああ。美沙のおまんこ、大好きだからな」

「えへへ♥　あたしも好きっ、がんばっちゃってるおじさんの雑魚ちんぽ、大好きっ♥　おちんぽとおまんこ、ごりゅごりゅ擦れりゅの、すっごく好きぃっ♥」

自然とキスをしながら、これも当然のように腰の回転速度を上げていく。

「美沙、もっとお前が欲しい。ちっちゃまんこも、でっかいおっぱいも好きだ。くっそエロいくせに、たまに初心（うぶ）なところを見せるのも好きだ。お前とセックスするのが好きだ。お前が好きだから、セックスがすごく気持ちいい」

「あたし♥　だってっ♥　おじさんの雑魚ちんぽ、大好きだしっ♥　負けてないしっ♥　おじさんイジメんのも♥　イジメられんのも♥　大好きだしっ♥　あたまぼーっとして、バカになっちゃうくらい、キモチいいの好きで、セックス大好きだしぃっ♥」

　確実に、極限へ向かうふたり。

　ぐちゅぐちゅという湿った音と、ギシギシと椅子が揺れる音が、部屋に響く。

「ふぁ、んぁああっ♥　あん、あん、あん、ひぁあんっ♥　あ、あぅ、これイくっ、絶対ゼッタイイっちゃうヤツっ♥　好きなの、しゅきなのっ♥　おちんぽにイかされるのだいしゅきっ♥　おじさんといっしょにイくのだいしゅきぃいぃっ♥」

「っ、くぅ……！　なら、お前が好きな精液、今日も一番奥で出すからな」

「うん、うんっ♥　それしてくれなきゃヤだ♥　最後に、奥にずしんってしてくれなきゃヤだ♥　それだいしゅきなの、いつもしてくれるヤツ、だいしゅきだからぁっ♥」

　過去イチに、激しくして。

　そして、過去イチに甘い、絶頂が二つ。

「んっ、んぁっ♥　ふ、ん、く、くぅうんっ♥　んちゅ、ちゅぷっちゅぷっ、んくむぅ、くちゅるぅっ♥　んぁふ、ひぁ、ふぁっあぁぁあ♪　だ、だめ、くる、くるっ♥　イくの、イっちゃうの！　あ、あ、あ、あっ、おじさんすきっ、すきっ、だいしゅきぃぃっ♥」

「美沙……！　俺も……っ、う、うぁあ！」

ぎゅ、っと、根元を搾られる。

俺の背中に回った手が、痛いくらいに肌へとめり込む。

「ひぅ！　ふぁ、んぁああぁッ♥　やっあっあぁぁあっんぁぁぁぁあぁぁあああ〜〜〜ッ！」

肩に抱きついて、ぎゅっと目をつむって、快感に打ちひしがれる美沙。

とびきり卑猥な少女の奥へ、精液を流し込む俺。

しばらく、そのまま。

ふたりで、ひたすら腰を震わせて。

そして、絶頂の余韻をたっぷりと味わって。

俺たちは、セックスの最後に、ゆっくりとキスを交わした。

「……んちゅ、ちゅく……んむ……っ、ふぁ……♥」

うっとりとした表情の美沙。

ゆるりと抱きしめて、耳元で、そっと囁く。

「美沙」

「……なーに」

「また、引き分けだな」

「えー……？　あはは、そうかもね。いっしょに、イっちゃったもんね」

幸福感に満たされて、ふわふわした空気。

いつもなら、これで満足している。

けど……あと、一つ。

こいつに、わからせてやらなきゃいけないことがある。

「美沙。俺が今日、お前を抱きながら言ったことは、全部本当だからな」

「………？　えっ？」

「セックスの勝ち負けのために、でたらめ言ったんじゃないからな」

「えっ、ちょ……あれっ、でも、そしたら……」

美沙が身体を起こして、俺の顔を覗き込んでくる。

快感というスパイスがなくなった今、なんだか途端に恥ずかしくなってきた。

「おじさん、マジ？」

「ああ」

「途中さ、あたしのおっぱいが～とか、おまんこが～とかじゃなくって、あたしのコトが好きって言ってたよね」

「そうだな」

「えっなんで。なんであたしなんかにマジになってんの。てかおじさんそれでいーの？　あたしガキだよ？　今までドチャクソおじさんのコト舐めてかかって、イジメ倒して遊んでたクソガキだよ？」

「ばーか、童貞舐めんな。遊びの恋愛とか、軽い付き合いとかでちんこ入れたりできなかったから、俺はこの歳まで女を抱けなかったんだよ。そんな名誉童貞が、いきなり一ヶ月でセックス漬けになったんだぞ。それもこんなおっぱいのおっきな子が相手ときたら、好きになるに決まってるだろ」

「は〜、なるほどねぇ〜……うっわ、ドーテーおじさんらしいや、それ♪」

ここまで素直に話して、もっと恥ずかしくなった。

俺は無意識のうちに、横を向いて美沙の視線から逃げていた。

「ただ、一つ言っとくぞ、お前がただのクソガキだったら、俺はここまで関係を続けたりしてない」

視線を逸らしながら、恥ずかしい台詞を続ける。

「こういう表現は、変に大人みたいで、お前には気に入られないかもしれないけど……好きっていう感情の前に、俺はいつも、お前と真剣に向き合ってきたつもりだよ」

俺の気持ちは、果たしてどこまでこいつに伝わっているだろうか。

それを確認したいけど、まだ恥ずかしさが残っているから顔を直視できない。

「にひ♪　ねーねーおじさん。名誉ドーテーおじさん♪」

俺の顔を追いかけてくる美沙。

逆を向くと、更に追いかけてくる。

そんな視線同士の軽い追いかけっこは、俺が美沙に顔を掴まれたことで終わる。

そして。

「えへへ♪　ん、ちゅ♥」

首を固定されて、キスされた。それが……美沙の、答えだった。

「それくらい、わかってるよ。いっつもおちんぽから、真剣なの伝わってきてたもん。だからあたし、おじさんのちんぽが好きで、おじさんとセックスするのが好きになって……今日だってしたかったから、ちょっとおじさん困らせちゃったよね。なんてゆか、その。えっと……ごめんなさい？」

こいつから、はじめて謝られた。

美沙もばつが悪かったのか、今度は彼女のほうが、ちょっと顔を赤らめて視線を逸らす番だった。

「……えっと、さ。おじさんに、いっぱいもらったから？　あたしも少しは、ガマンできそうだから」

「え？」

「だから！　おじさんといっしょに、いっぱいイったし。おじさんに……その、す、好きとか、たくさん、言ってもらったし。だから、お仕事でセックスできないときとかは……あたし、それ思い出しながら、ガマンするからさ。これ以上メーワクかけて、おじさんにキライになられたら、ヤだもんね♪」

「…………」

「うわ、ちょ！　反応うっす！　ってか無反応だし！　もうちょい驚くとかあるじゃん！えらいなーとか言って頭なでてくれてもいーヤツじゃん今の！」

「……いや、お前もすっっっごく精神的に成長したなーと思って。やべ、泣きそう。つかマジで涙出てきたかも」

「待って待って！　なんでいきなり保護者ヅラしてんの！　あーもーマジでおじさん、超おじさんじゃん！　涙腺緩くなるとか、歳取った感出さないでよーっ！」

未だに下半身丸出しして、感極まる俺。

俺というおじさんに抱っこされながら、顔を赤くしたり慌てたりと忙しい美沙。

なんとも締まらないアフタートークになってしまったけど、それもまた俺達らしい。

『構い倒して』『わからせた』結果が、これ。

客観的に見れば、処女と童貞がセックスに派手にのめり込んだ結果、という表現も成り立つけど。

美沙が笑顔だから、これでいい。

そして俺は、これからも美沙が笑顔を見せてくれるように『構い倒す』だろう。


セックスを拒否された美沙が激おこになって、それをなだめるためにお互いに好きと言い合って、結果ふたりがお互いに告白し合って、雨降って地固まった怒濤の展開。それが、週初めの月曜日のことだった。

俺と美沙の関係を軸に考えれば、ハッピーエンドと言っていい。けど、心の繋がりができたとはいえ、美沙のメスガキ成分がいきなりなくなったわけではなかった。

次の日の火曜から、俺はタイムロスを挽回すべく、死に物狂いで働いた。

美沙も、宣言どおりにセックスを我慢して、俺が仕事をしている最中はリビングでひとりゲームをしたりして遊んでいた。

今まで美沙を構い倒していたぶん、集中力を仕事へと傾け、水曜日、木曜日と根を詰めていく。

リビングに降りて、濃いめと書かれた缶コーヒーを冷蔵庫から取り出し、プルタブを引き上げる。と、そんな俺を見て、美沙がうわぁ、と声を上げた。

「ちょ、おじさんってば。マジで魂抜けかかってんじゃない？　月曜日、あんなにつやっつやだったのに。人って三日でこんなにしおれるモンなの？」

「……あー、そうかもなー。でももうちょい頑張んなきゃ」

「いやいや、休もうよ。ひっどいクマだよ？　寝たいって顔に書いてあんじゃん」

「でもなー。せめて日曜日は休みたいしなー」

「土曜日も仕事すんの？　やめてよ、そういうの」

「止められないんだよな。仕事をしてる限り、責任ってもんがあるから。まぁでも、埋め合わせは日曜日にするからさ。悪いな、退屈させちまって」

「…………っ……別に、いいけど」

美沙は、まゆをひそめ、不機嫌そうにソファーに寝っ転がった。

俺はコーヒーを一気に飲み干して、仕事に戻る。

そのまま、木曜、金曜と過ぎていく。

金曜の夜。俺は、更にクマを深掘りにしながら、美沙に一つ約束をした。日曜日の昼、どっか飯でも食いにいこう、と。

美沙の不機嫌さが、日に日に増していくのもしかたがない。

土曜日までには仕事に目処をつけて、日曜くらいは楽しく過ごさせてやろう。わがままも、できるだけ聞いてやろう。

……と、勇んで挑んだ日曜日。

考えてみれば、はじめてふたりで外に出た、いわば初デートの日。

美沙は、超絶不機嫌だった。

というか、冷めていた。

「なんか買ってあげるとか、そういう機嫌取るようなの、いらない」

一度は俺にパパ活を仕掛けようとしてきた子とは思えない、この発言。

「別に、外食とかキョーミない。てか店に並ぶのメンドイし」

更に、飯を食いにいこう、という俺の誘いを全否定してくる。

「いいよ、無理しなくて。おじさん歳だし、睡眠不足でガタきてるっしょ。あたしも帰るから、おじさん早く帰って家で寝れば？」

そして、デートなんかどうでもいいと言わんばかりに、突き放してくる。

ようやく仕事から解放されて、気分を高揚させていたところに、立て続けに冷や水をぶっかけられた形。

ただ。

ふざけんな、こっちはお前のために時間を割いてるんだ……と、一瞬叫びたくなった。

ここもまた、６秒間の間を置いて。

深呼吸をして、精神を落ち着かせる。

と、別の角度で、美沙の気遣いが見えてくる。

「そうかぁ。美沙も俺のことを気にかけてくれてるんだな」

「……は？」

「無理しなくていいよ、とかさ。お前も言うようになったなーって。疲れてる俺に休んでもらいたくて、そんな態度を取ったんだろ？」

そっと、美沙の手を取ってみる。

ふたりの手の温もりが重なったとき、美沙はまずはっとして、俺の顔を見上げた。そして俺の手の感触を確かめつつ、ほっとしたような、ほんの少し嬉しそうな顔をした。

すぐに、なにしてんの、放せ、と暴れはじめたけど。

俺には、その一瞬のはにかむような表情だけで、十分だった。

本当に心の底から不機嫌なら、触れ合ったときにあんな顔はしないから。

よし、と思った。と同時に、いつもの美沙を見たいと願った。

せっかくのデートだ。こんな空気のまま終わらせてはいけない。

というか……俺だって、一週間ずっと、我慢してきたんだから。

「美沙、ちょっとこっち来い」

「は？　ちょ、なにすんの」

「いいから」

「ば、バカ、放せったら！　この不審者！　人さらい！　誘拐魔ーっ！」

人聞きの悪い言われようだけど、全て無視。

美沙の手を引きながらずんずん歩き、近くの緑地公園へと入る。

人の多い人工池の周りではなく、奥まった木々の茂みの、更に奥へ。

「ちょ、バカ！　なにこんなジメジメした、薄暗いトコに連れてき、ん、んむぅ！」

俺が心の中で執筆編集していた、「松永美沙取り扱い説明書」いわく。

『とことん構い倒すべし』。

『本音でわからせるべし』。

『言ってわからなければ、ちんこで調教すべし』。

なので、全部ひっくるめて、俺の欲を美沙にぶつけることにする。

「んく、くちゅるぅっ……ふ、ふむ、んむぅっ……！　っ、ふぁ！　な、なにしてんの、こんなトコでキス、とかっ……」

「キスだけじゃない。セックスするぞ、美沙」

「は？　イミフ。なんでそうなるのかマジでイミフ」

「俺の名誉童貞ちんこが、お前を欲しがってるだけなんだが」

「いやそれ、いつものことじゃん。てか、今日はあたし、する気ないし」

「そんな胸元を見せつけられてる俺は、する気満々なんだよな」

大木の陰に隠れ、木の幹に手をつかせ、お尻をこちらに向かせる。

俺は、ホットパンツを剥ぎ取るようにして下へとずらし、一気に美沙を貫いた。

「あぐっ！　ひ、ぐぅぅぅぅッ！」

6日ぶりの、手応えだった。

それまで毎日のようにセックスをしていたことを考えれば、本当に久しぶりの感覚で、懐かしさを感じてしまうほど。

だから、余計に感じてしまう。美沙の膣内が、気持ちよくて心地いい。

「く、うぅ……この、バカちんぽ……外でとか、ホントに、ヤってくれちゃってっ……」

「そりゃ、するだろ。我慢してたのはお前だけじゃない」

「……え？」

「悪い。飯食いにいくとか、そんなの口実だったんだ。早く美沙とセックスしたかった、それだけでさ。だから日曜に呼び出しちまった」

ゆるりと腰を回して、まだまだ濡れきっていない膣道にちんこを馴染ませる。

前に手を伸ばし、おっきなおっぱいを下から支えつつ、じっくりと揉み込んでいく。

「つう、くぅん……はっ、はぁっ……ちょ、マジで、おじさん本気じゃんっ……手つき、すっげーやらしいし、ちんぽもガッチガチだし……」

徐々に快感を受け止め始めた美沙が、こちらに振り向く。

不安そうな、心配そうな瞳を、俺に投げかけてくる。

「おじさん、ホント、ダイジョーブなの？」

「ん？　ま、頭はいかれてるけどな。大の大人が欲情して、彼女を青姦してるなんて」

「バカ、そっちじゃなくって。てか名誉ドーテーがイカれたエロオヤジだなんて、じゅーぶん知っててっし。ってかあたし、おじさんの身体ってゆか、体力ってゆか、そっちのほう心配してんだけど」

「…………」

「え、えっと？　心配、してんだけど？　ねぇ、おじさん？」

「……ああもうっ、可愛いな、お前は！」

「ふぇ？　き、きゃぅうっ！　ちょ、いきなり……ひっ、ひぃいぃいぃいんっ！」

名誉童貞からすれば、本心が聞けただけで心が躍るし、美沙が俺を心配しているという事実だけでちんこがたぎる。

じっくりたっぷり、後ろから腰を擦りつけた後に、一気に叩きつけるようなピストンへ移行し、膣口から膣奥までまんべんなく刺激していく。

「う、うぁっ、ちょ、このヘンタイっ……これもう、マジのピストンじゃんっ……お外でとかカンケーない、あたしのまんこ、犯しにきちゃってるヤツじゃん……！」

「ああ。だから美沙も、余計な心配はなしで、遠慮せず気持ちよくなってくれていいぞ」

「っ……ホントに？　無理してたら、マジで怒るかんね？」

「してない。断言する」

美沙は美沙なりに、仕事ずくめだった俺の体調を気遣ってくれていたんだろう。

でも、むしろ俺がこいつを抱きたくてうずうずしていたことが、ちんこを通じて伝わっていくと、美沙も安心したのか、お尻を持ち上げて俺を挑発してきた。

「はぁ、はぁっ……このドヘンタイ……っ。おっさんのくせに、ところ構わずよくじょーして、めっちゃピストンしてくれちゃって……♥　そ、そんなにあたしが欲しいんなら、思いっきり締めつけてやるん、だからぁっ……！」

明らかに、膣内の様子が変わる。

ぞわぞわとうごめいて、ひだの連なりが竿に絡みついてくる。

「んっ、ふ、くぅんっ……！　ど、どう？　あたしを抱きたかくてガマンできなかった、ヘンタイちんぽなら……あ、あっ、これくらいぎゅってしたら、すぐちっちゃまんこでよがっちゃって♥　あっという間に、びゅっびゅ～ってしちゃう、よねっ♥」

エロいおまんこも、挑発的な態度も、いつもの美沙が戻ってきた。

そして、口が悪いくせに身体は俺に従順なところも、いつもの美沙だ。

メスガキのくせに、俺のことが大好きでたまらない、いつもの美沙。

ぐちゅりと音を立て、ちんこが奥へと吸い込まれ、啜られていく。

「っ……！　やば、そんなに締めつけられたら、っく、くぅう！」

「えっ？　ひ、ひぁ！　な、なに、ちんぽ跳ねて……ふ、ふぁ、あはぁあっ！」

普段どおりのセックスができる、と思った瞬間、俺も緊張がほぐれたんだろう。ちんこが、暴発していた。快感が一気に全身へと回って、腰が震え上がり、膣奥めがけて精液が飛び出していった。

「っ、くぅ……！　あ……あは、あははっ。はっや。イくのめっちゃはやっ。うわうわ、出ちゃったよ。びゅっびゅしちゃってるよ♥　うっわ～ひっさしぶりだぁ～このカンジの雑魚ちんぽ～♥」

「……ぐ……しょうがないだろ、六日ぶりだったんだぞ」

「あははっ、いるよね～溜まってたコト言い訳にするヒト～。でもおじさんさ、自分の歳忘れてない？　それ通用すんのって、サルみたいにサカってるクソガキだけじゃね？　あっ、そっか、サカってるからお外で雑魚ちんぽしちゃうんだ♥　そっかごめ～ん、あたしまだおじさんのコト理解しきれてなかったみた～い♥」

振り返って俺の顔を見つつ、美沙がたたみかけてくる。

頬を紅潮させながらの挑発。しかも、おまんこは俺のモノを咥え込んで放さない。

その言葉の裏に、もっとできるよね、という誘いが確実にある。

「ああ、まだわからせてなかったかもな。これ、したかったんだよ。俺の精液にまみれたおまんこ、もう一回かき回してやるってヤツ」

「っ♥　なにそれ、ドヘンタイじゃんっ♥　おまんこにセーエキ塗り込んじゃうとか♥　ヤバいくらいに……んぁっ……♥　ヘンタイすぎる、セックスじゃんっ……♥」

ずるりと引き抜いて、埋め戻す。

それだけで、ぬぢゅり、ぢゅぷっ、と、ひときわ大きくて淫らな音が立つ。

ピストンを再開して、いつもの動きをしていく。

ストローク大きめでしっかり奥まで届かせる、美沙が大好きなピストンを続けると、精液と愛液が混ざり合って、繋ぎ目からこぼれ落ちていった。

「ふぁ、くぅ、んぅぅっ！　あ、あっ、はげし……っひ、ひぃぃぃんっ♥」

際限なくエロくなるおまんこ。後ろから突き上げるたび、小ぶりなお尻が波打つ。

ふたりの身長差のせいで、美沙はつま先立ちになって、俺のちんこに身体を預けることしかできなくなる。

「んぁっ、あっ、ふぁ♥　ひぁ、あん、あんっ、あぁあんっ♥　も、もうっ、おじさんヤバいよっ……♥　こんなトコ見つかったら、おじさん即逮捕だしっ♥　おまんこにも、証拠、残っちゃってるしっ……♥」

「美沙だってこんなに乱れてるんだし、猥褻物陳列罪で逮捕されるぞ。おっぱいもエロく張り出して、乳首とがらせてるし。おまんこはもう、ぐずぐずのどろどろだし」

「んっ、ふ、ふぅ、ふぁぅっ♥ そ、それ、おじさんが、してんじゃん……♥ おじさんがちんぽで、あたしのコト好き好きってしてるから♥ きゃぅ、ひ、ひぁぅっ！ だからあたしも、おまんこエロくなっちゃうんじゃんっ♥ んっ、んぁっ♥ ふぁああっ♥」

片手でおっぱいを揉みしだきながら、もう片手で腰を引き寄せ、より繋がりを深く、密にする。

美沙も俺の興奮が極まっていることを察知して、ちんこが膣奥に届きやすいようにと、更にお尻を突き出してくる。

俺も腰の回転を速めて、美沙から快感を引きずり出す。

お互いを誘って、お互いにしっかりと応えていく激しいセックス。そんなものに身を投じていれば、絶頂なんてすぐにやってくる。

「ふぅ、ん、んぁっ、あはぁぁぁあっ！ すご、すごっ、雑魚ちんぽすごっ♥ めっちゃきてるしっ、キモチ、いいしぃっ……♪ あ、あ、あっ、これダメなヤツ、あたしもすぐイかされちゃうヤツだよぉっ♥」

「いいぞ、イって。俺ももう一回出してやる」

「んっ、んぅっ、くぅっうぅうんっ♥ そ、外なのにっ……♥ あ、あは、でも、キモチいいの止まんないっ……♥ あ、あ、あっ、ちんぽ好きっ、あたしの膣内で暴れてる

「あっあっあぁぁあああああ〜〜〜ッ！」

ちんぽ大好きぃっ♥　ふぁ、んぁぁぁあっ！

大木の下。

そよ風でざわめく枝葉と、木漏れ日に囲まれながら。

俺たちは、腰をぴったりとくっつけて、最高の瞬間を分かち合った。

――『8月3日』

『初デートするまで』。

この頃、いろいろありすぎて、自分の中でも整理がついてない。

頭が、追っついていかない。

あいつがあたしに、好きだ好きだって言いまくったのが月曜日の出来事。

なんだかわかんないうちに、そんな流れになってた。

ホンット、わかんない。あいつがセックスしないって言い出して、それなら実力行使でちんぽにわからせてやる、ってあたしがなって、そしたらいつの間にか好きって囁かれて
……ワケわかんないうちに、あたしもあいつのコト、好きって言ってて。

よく、わかんないんだケド。

まさか、もしかしてあたし、マジであのおじさんのコト、好きなのかな。

あいつに……恋とか、してんのかな。

雑魚ちんぽのくせに。名誉ドーテーのくせに。

うざいくらい構ってくる、あいつのことが……好き、なのかな。

もう、自分の心が、自分でもわかんない。

でも、気付いたらあたし、あいつのコトばっか考えてた。あいつに、自分のことだけ考えてほしいって……そんな風に、思ってた。

やっぱり、恋？

そしたらあたし、あいつの前で彼女らしくしなくっちゃダメかな？

とか、思ってたの。

そう。思ってたんだよ。

なのにあいつ、火曜日からずーっと、仕事仕事ーってなっちゃって。

大人ってそういうときあるよねって、あたしもわかってるつもりだったんだけど。

でも、仕事が終わるの、待ってるうちに、寂しくなって。

好きって言われたから、余計にね。彼女みたいなコトしたいのに、全然できないし。

……その寂しさが怖くなっちゃうのに、そう時間はかからなかったな。

あいつも……あたしの、お父さんだった人と、同じなのかなって、思っちゃったから。

普段はあたしのコト好きなのに、仕事が忙しくなると途端に変わって冷たくなっちゃう
……あたしのお父さんだった人みたいに、あいつもなっちゃうのかな～、って。

それが怖くて。心配で。

でも、あたしにはどうにもできなくって。

ヤバかった。あたし、あのとき、泣きそうだったもんね。

でもね。なんか、今日のデートで、そういうの全部すっ飛んだ。あいつが、すっ飛ばしてくれた。

やっぱ、セックスってすごい。イライラしてたり、あきらめかけてたり、そんないや～なモヤモヤしたものが、ばーん！　って、どっかいっちゃった。

キモチイイって、すごい。

キモチよくしてくれちゃう、あいつってすごい。

乱暴に後ろからちんぽ突っ込まれるの、好き。

恥ずかしいコトさせられたり、エロいこと言われるのも、ゾクゾクして好き。

……あと、これは、あいつにはナイショだけど。

最近ね、あたし実はMなんじゃないかって、思い始めたの。

だって、強引にセックスされたときのほうが、キモチイイんだもん。

膣内出しされたセーエキ、ぐっちゃぐちゃにかき回されたときとか、正直イキっぱなしだったし……そーゆーのに、充実感？　みたいなの、感じちゃったし。

……そーゆー風にしてほしくて……あたし今日、外でヤられたとき、自分でお尻、持ち上げちゃったんだけど。

あいつに、バレてるかな。きっと、バレてるよね。

うわ、ハズい。あたし、まだまだいっぱい、あいつに『わからせられてる』んだ、きっと。

てか、調教されてる？　あたし、あいつ好みのおまんこに、作り替えられてる？

だよね。この頃のあたし、どうみてもドーテーちんぽを犯してるんじゃなくって、犯されてるんだもんね。

んで、あたしがあいつのコト挑発すると、責めてくる率、上がるんだよね。今日もそうだったし。あいつ、すっげーキモチよさそうに、あたしの膣内で連続射精してたし。

だったら、いつもそうしてやろっかな。だってあいつ、余計な心配しなくていいって言うんだもん。

あいつに突っかかっていったときのほうが、あたしらしくていいって言うんだもん。

でもでも、これ、すっごい納得してんの。あたしん中で。

だってほら、ナマイキなメスガキって、フツー優しく抱かれるんじゃなくって、がっつりヤられるほうが正しいじゃん？

だからね？　あいつがいつでも、あたしのコト、エンリョなくヤレるようにね？

あたしはこれからも、エンリョなく、あたしらしくしていようかな、って♪

エピローグ ふたりだけの幸せ

童貞を卒業『させられた』夏が過ぎる。

自分がロリコンだと『気付かされた』季節が終わり、秋がやってくる。

食欲の秋。読書の秋。運動の秋。

ただ、俺たちにとっての秋は、いや、秋も、セックスに最適なシーズンだ。

「ひぅうっ！　ふぁ、んぁっあぁあああっ♥　だ、ダメだってば♥　あたしイってる、イってるからぁっ！　そんなにおちんぽずんずんってしちゃやだぁぁっ♥」

今日もベッドの上で美沙を押し倒し、上からしっかりとちんこを突き立てる。

嫌だと言いつつ、俺に足を絡めてだいしゅきホールドを決めているところが、なんとも美沙らしい。

「あ、ぁ、あ、あ、あ、あ、あぁあっ♥　ヘンタイちんぽの、くせにっ……♥　おまんこいっぱい、こすってきてっ……♥　さっきもあたしの中で、ガッツリしゃせーしたくせにサカりすぎだってばっ……♥」

「ん？　膣内出し精液かき混ぜられるの、お前、めっちゃ好きだろ？」

「そうだケドっ……ひ、ひぅ！　そ、そうなん、だけどぉっ……♥　マジでイくの止まらなくなるって、ゆーかっ……ひ、ひぃ！　ふぁあひぃぃぃっ！　こ、これ、あたまヘンになるレベルで、キモチいいんですけどっ……♥」

最近のセックスは、一回の絶頂では終わらないことが多い。

俺や美沙が、特段快感に弱くなったわけではないと思う。ただ、お互いに相手を気持ちよくするテクニックが経験によって確実に上昇したので、自然と絶頂の回数が多くなっただけだ。

時間が許せば、一回イった後に休憩して、体位を入れ替えてもう一回。

時間がなければ、イキ続けるのもお構いなしにふたりで腰を振り続ける。

どちらにせよ、途中の挑発合戦も忘れない。そうやって快感にアクセントをつけつつ、俺も美沙も身体を重ねる感触に没頭する日々が続いている。

……これは、少し前の話になるけれど。

セックスの合間に、美沙がぽろっと、プライベートなことについて話してくれたことがある。

父だった人は真面目な気質で、家よりも仕事を優先させてしまう人で、それが元で離婚してしまったと。シングルマザーになった母は、短時間で多くの稼ぎを求めるようになって、夜の仕事をし始め、それ以来美沙は放置同然だと。

仕事ばかりの元父と、もう大きくなったんだからと思春期に差し掛かった娘の話をまったく聞かない母。最も身近な大人がそれでは、生意気なメスガキが誕生するのも無理はない話だった。

そんな美沙に構ってくれた男が俺だった、というだけの話。

正直、これから美沙が俺のことを好きなままでいてくれるかどうかはわからない。美沙には、その身の丈に似合った美沙の恋愛があるのかもしれない。

けど、それまでは。

美沙が俺を挑発して、構って構ってとじゃれついてくる間は。

こうやって、美沙を構い倒してやろうと思う。

そして……もし、美沙が結婚を考える年齢になっても、俺のことを好きでいたなら。

そのときはしっかりと、男として責任を取ろうと考えている。

「ふぁっあぁあっ♥ や、ぁ、あ、あ♥ あっ♥ あっ♥ あん、あん、あぁあんっ♥ こ、この、ちんぽ、また膨らんでっ♥ せーえき、びゅくびゅく出しちゃう準備してっ♥ ひ、ひぅ！ また、あたしのコト、イかせようとしてっ……♥」

「ああ。思いっきり注いでやるから、美沙もちゃんと締めつけろよ」

「うんっ♥ おじさんのどろどろザーメン、ぜんぶ、吸い取ったげるっ♥ だからもっと

奥にっ、あ、あ、あっ♥　ひぁぁぁあっ♥　ぶっといおちんぽ♥　大好きなおちんぽ♥　ちっちゃまんこの奥にちょうだいっ♥　ふぁ♥　あぁあっ、あひぁぁぁぁあぁあッ！」

そんな美沙に、今日二回目の膣内出しを、容赦なく決める。

精液のほとばしりを受けて、小さな身体が歓喜に打ち震える。

絶頂を噛みしめたふたりが、いつものようにキスをする。そして――。

「……♥　えへへ。おじさん、ナマイキ言っていい？」

美沙が、美沙らしさを見せる。ちょっと不安そうに、でも楽しそうに、メスガキっぷりを発揮してくる。

言っていい？　と疑問形を取ってはいるけど、こいつが俺に求める答えはイエスしかない。もちろん俺も、お前の好きにしろ、と美沙を肯定する。

「ん♥　じゃあ、エンリョなく。にひっ♪　あたしはまだまだできるけど、どうする？　おじさんはもう歳だから、ちんぽ限界かな～？」

これももちろん、挑発の皮を被った、三回戦めのおねだりだ。

「いいんだな？　ナマイキなことを言う美沙は、何度でも『わからせて』やるぞ？」

「にひひっ♪　じゃあやってみなよ、おじさんっ♥」

「よし。覚悟しろ、美沙。味わい尽くしてやる！」

とことん『わからせ』ても。

ちっちゃまんこを『調教』しまくって、よわよわまんこにしても。

この純情な小悪魔は、もっと、とせがんでくる。

そんな毎日。そんな、美沙との日常。生意気を言うメスガキとの、充実したセックスライフは、終わりのない交わりと、果てのない快感と……そして、ひとりの女の子を好きになるというくすぐったい感情を、俺というおじさんに教えてくれた。

だから俺は、この日常を壊さず、大切に育てていくことにした。

美沙という、メスガキだけど、大切な存在の女の子といっしょに……。

あとがき

こんにちは、亜衣まいです。メスガキといえば、激しい舌戦もまた、面白さのポイントだと思います。心苦しくも、Mとしては嬉しいセリフをたくさん美沙に言ってもらいました。いかがでしたでしょうか。プレスも抱っこも、メスガキだからこその満足感があると思います。激しく責めながらも、優しくもしたい。とても悩ましいところです。


それでは、謝辞に移らせていただきます。

挿絵をいただきました「能都くるみ」様。メスガキヒロインですが、巨乳っぷりをうまく入れていれていただけて、嬉しかったです。後から抱きついて、モミモミクンクンしてみたくなりました。ありがとうございます！

そして、今回もお手にとっていただいた読者の皆様。いつも応援ありがとうございます。

また次回も登場できるよう、エロくて面白い！　そんな作品を目指しますので、よろしくお願いします。

２０２１年9月　亜衣まい

ぷちぱら文庫 Creative

大人を舐めた巨乳メスガキをわからせ調教！

～おじさんの雑魚ち○ぽで感じてなんかないもん！～

2021年 10月29日　初版第1刷 発行

■著　　者　亜衣まい
■イラスト　能都くるみ

発行人：久保田裕
発行元：株式会社パラダイム
〒166-0004
東京都杉並区阿佐谷南1-36-4
三幸ビル4A
TEL 03-5306-6921
印刷所：中央精版印刷株式会社

PPC275

▼シリーズ 既刊作品▼

拾われ爆乳ギャルとおじさん

なんでそんなに……
俺としたいんだ？♥

手を出すつもりはなかったのに
誘惑されたら
我慢できない！

行き場なく困っていた未来を助けたことで、英夫の生活は華やかな毎日へと一変した。一見するとギャルな未来だが、意外にも面倒見のよい性格で、家事も得意だったのだ。ただでさえ年下の美少女との生活には誘惑が多いのに、その爆乳につい つい目を奪われてしまうことに。英夫のことを気に入った未来はエッチにも積極的で、恋人のような甘えやかしを求めてきて…。

ぷちぱら文庫
Creative 274
著：成田ハーレム王　画：みこ
定価：本体810円(税別)